트리니티 레볼루션
Trinity
Revolution

트리니티 레볼루션
Trinity
Revolution 1

초판 1쇄 인쇄일 2018년 4월 17일 | **초판 1쇄 발행일** 2018년 4월 20일

지은이 임경주 | **펴낸이** 곽동현 | **담당편집 팀장** 이범수
편집부 홍현주 정요한

펴낸곳 (주)조은세상 | **출판등록** 제 2002-23호
주소 경기도 연천군 미산면 청정로 1355
TEL 편집부 02)587-2966 | FAX 02)587-2922
e-mail bukdu@comics21c.co.kr

임경주 ⓒ 2018
ISBN 979-11-6171-802-6 | ISBN 979-11-6171-801-9(set) | 값 8,000원

임경주 현대판타지 장편소설

MODERN FANTASY STORY

트리니티 레볼루션 1
Trinity
Revolution

북두
(주)조은세상

임경주 현대판타지 장편소설

MODERN FANTASY STORY

CONTENTS

본 소설은 픽션입니다.

해당 작품 속에 등장하는 인물과 공공기관, 단체 등의 명칭은 현실과 관련이 없음을 주지해 주시기 바랍니다.

아울러, 이 글에 등장하는 사투리는 방언의 연구를 통한 것이 아닌 글의 재미를 살리기 위한 자연스러운 표기를 우선했음을 밝힙니다.

트리니티 레볼루션
Trinity
Revolution

프롤로그

2015년 서울.

지독한 한파가 몰아친 12월, 성탄절의 밤이었다.

구경거리로 가득 찬 세계에서 인수는 아무것도 보지 못
한 채 영등포역 6번 출구를 빠져나오고 있었다.

계단을 오르던 인수는 옆에서 엎드려 구걸하고 있는 앉
은뱅이를 보았다.

그냥 지나치려다가 다시 뒤돌아선 그는 호주머니를 털어
동전을 모두 던져 주었다.

앉은뱅이는 시각장애까지 가지고 있었다.

찢겨진 종이박스에 악필로 쓰인 글씨.

-눈과 다리를 잃은 저는 꿈도 잃었습니다.-

　인수는 앉은뱅이의 등을 보며, 자신의 안쪽 주머니에서부터 전해져 오는 돈의 묵직함을 다시 한 번 더 확인했다.

　휘잉 하며 인수가 서 있는 발아래까지 눈보라가 침범해 들어왔다.

　앉은뱅이의 등위에도 하얀 눈이 쌓여 갔다.

　인수는 앉은뱅이로부터 시선을 돌려 계단의 끝을 올려다보았다.

　맥주병의 뚜껑이 열린 것처럼, 안에서부터 거품과도 같은 무수한 감정들이 부글부글 끓어오르다가 마침내 솟구쳐 올라왔다.

　병원에 있는 아내와 통화를 끝낸 인수는 힘차게 발을 내딛었다.

　계단을 다 오른 인수의 몸은 거친 눈보라에 휩싸였다.

◇　◆　◇

　-서울 영등포구의 한 반지하방에서 일가족이 숨진 채 발견돼 경찰이 수사에 나섰습니다.

　신길동의 한 다세대주택 반지하방에서 남편인 박 모 씨와 아내 김 모 씨 그리고 생후 1개월도 채 되지 않은 딸아이가 숨진 채 발견되었습니다.

　이들은 악취가 난다는 주민의 신고로 발견됐고, 경찰은 크리스마스를 전후로 아내 김 모 씨와 딸이 먼저 사망했으며, 그로부터 20여 일 뒤 남편 박 모 씨가 사망한 것으로 추정하고 있습니다.

　발견 당시 반지하방 문은 열려 있었고, 외부에서 침입한 흔적은 없었습니다.

　또 현장에서 흉기는 발견되지 않았고, 아내가 남편에게 차려 준 것으로 보이는 밥상과 유서처럼 남겨진 편지 내용을 토대로 생활고와 병마에 시달리다 숨진 안타까운 사건으로 수사에 무게를 두고 있습니다.

　하지만 박 모 씨의 장기가 적출된 상태와 뇌수술이 이루어진 이유로 인해, 경찰은 국립과학수사연구원에 부검을 의뢰해 정확한 사건 경위를 조사하고 있습니다.

작성 김영희 기자.

제1장 귀환

제1장 귀환

띠링.

-너 계속 쌩깔래?-

띠링.

-아 놔! 무열이형이 우리만 특별히 남선파 형님들 소개시켜 주기로 했단 말이야.-

띠링.

-환자 코스프레는 이제 그만.-

띠링.

-너무하네.-

띠링. 띠링. 띠링.

이질적인 소리에 위소는 두 눈을 떴다.

눈을 뜬 순간, 위소의 눈을 사로잡은 것은 형광등.

'뭐지?'

위소는 고개를 옆으로 돌려보았다.

책상과 의자부터 시작해 눈에 보이는 모든 것들이 다 신비로웠다. 자신이 살던 곳에서는 전혀 못 보던 물건들이었다.

도무지 이해할 수가 없어 그냥 그렇게 누운 채로 멍하니 있을 수밖에 없었다.

'여긴 어디지?'

처음 보는 곳, 처음 보는 세상이었다.

위소는 침대에서 상체를 일으켰다.

순간, 찌릿하며 뺨에 긴 생채기가 생겨났다.

오른쪽 어깨에도 자극이 와서 고개를 뒤로 넘겨 확인해 보니, 비도에 박힌 흉터가 생겨나고 있었다.

자신의 목을 노리는 낭인들에게 쫓기다가 생긴 상처였다.

'도대체가……'

혼란스러웠다.

어떻게든 정신을 수습하려는 그 순간, 사면공자의 얼굴이 확 떠올랐다.

사면공자 제갈 휘.

그 누구도 그에게 죄를 물을 수 없다고 하여 붙여진 이름이었다.

그 괴물이 씩 웃으며 손을 슥 긋자 자신의 목이 허공에서 달아난 기억이 생생하게 떠올랐다.

쩌엉!

그 끔찍한 정보가 위소의 뇌를 자극하자 간질처럼 발작을 일으켰고, 그 발작 끝에 의식을 잃고 말았다.

다음으로는 바수라가 깨어났다.

바수라 역시 두 눈을 뜬 순간, 낯선 공간이 눈앞에 펼쳐져 있어서 정신을 차릴 수가 없었다.

머리 전체에 욱신거리는 자극이 오며 쇠침에 박힌 흉터들이 생겨났다.

그 촘촘한 흉터들은 이마의 선을 따라 양쪽 귀밑으로 내려가 목까지 둘레를 쳤다.

미치광이 마법사가 자신을 실험재료로 사용할 때 머리에 쇠침을 박은 흉터였다.

'세르벳은 어디에?'

바수라는 지독한 혼란 속에서도 세르벳을 찾았다.

그때 미치광이 마법사, 라스넬의 얼굴이 확 들어왔다.

쩌엉!

바수라 역시 뇌에 충격을 받고는 발작을 일으켰고, 위소처럼 의식을 잃고 말았다.

그리고 인수가 두 눈을 떴다.

'......?'

차가운 반지하방에서 싸늘한 시체가 되어버린 아내와 딸을 안고 잠들었건만, 눈을 뜨고 보니 혼자였다.

더군다나 주위를 둘러보니, 매우 익숙한 공간이었다.

고등학교 시절 자신의 방.

틀림없었다.

"……?"

여전히 꿈속이라 생각하는 인수는 침대에 누운 채로 가만히 천장만 바라보고 있을 수밖에 없었다.

'이게 뭐지……?'

세영과 민아는? 내가 왜 여기에?

머릿속에는 이 두 가지 생각만이 계속 교차했다.

'꿈인가 보다.'

하지만 꿈이라고 생각한 그 순간, 심장박동이 거세지기 시작했다.

인수는 조심스럽게 침대에서 일어나 책상 앞으로 다가갔다.

그때 몸의 감각을 하나도 놓치지 않았다.

발바닥의 감각 또한 선명했다.

꿈이 아니다…….

심장박동이 더욱 더 거세졌다.

인수는 책상 위에 펼쳐진 책과 노트를 만져 보았다. 고등학교 1학년에 해당하는 것들이었다.

트리니티 레볼루션
Trinity
Revolution 1

달력을 보았다.

2003년 7월······.

인수는 노트를 만지던 양손을 얼굴까지 올려 손바닥을 보다가 주먹을 꽉 움켜쥐어 보았다.

양손의 감각 또한 진짜였다.

'꿈이 아닌데?'

그때 고개를 돌려 거울을 본 순간, 인수는 화들짝 놀라고 말았다.

날카롭게 찢어진 눈매에 강인해 보이는 한 소년의 얼굴이 거울 안에 있기 때문이었다.

그 소년은 바로 고등학교 시절의 자신이었다.

"이게 어떻게 된 거지?"

순간, 심장이 폭죽이라도 터진 것처럼 뛰기 시작했고, 소름이 돋아났는데 누군가가 온몸을 사포로 박박 문지르는 것만 같았다.

찌르르르르르!

소름은 전율로 이어졌다.

쿵쾅. 쿵쾅. 쿵쾅. 쿵쾅. 쿵쾅.

이제 북소리처럼 울리기 시작하는 심장은 터져 버릴 것만 같았고, 호흡곤란이 찾아왔다.

"하아, 하아!"

아무리 숨을 가쁘게 몰아쉬어도 산소가 들어오지 않는

것처럼 답답해지기 시작했다.

미쳐 버릴 것만 같았다.

앞이 노래졌다. 구토가 밀려왔다.

"우웩!"

다리의 힘이 풀려 버린 인수는 바닥에 엎드려 토하고 말았다.

양쪽 갈비뼈가 등껍질을 따라붙어 올라왔고, 노란 물이 계속 쏟아져 나왔다.

"꿈이 아니야!"

결국 인수는 확신에 차서 소리쳤다.

삼류무사 위소와 노예소년 바수라의 삶.

그 전생의 기억들이 모두 다 똑똑히 기억났다.

"내 삶이었어! 모두 다 내 삶이었던 거야!"

인수는 충격에 휩싸여 온몸을 부들부들 떨었다.

몸을 일으켰지만, 다시 휘청거리며 털썩 주저앉고 말았다.

어떻게 이럴 수가 있단 말인가.

박인수.

지금 고등학교 1학년 시절로 돌아온 놀라움은 안중에도 없었다.

세 번의 인생에 걸쳐, 자신이 그토록 사랑했던 사람들이 불쌍해서 견딜 수가 없는 인수였다.

세 번 다 무력하기만 했었던 자신이 너무나도 싫어지는 순간이었다.

　엄청난 충격이었다. 감당할 수가 없었다.

　"끄으……."

　숨을 쉬지 못할 정도로 괴로웠다.

　한참을 가슴을 쥐어짜며 괴로워하던 인수는 발작을 일으키지도 않았건만, 그 참을 수 없는 슬픈 감정이 얼마나 심하게 복받쳐 올랐는지, 결국 버티지 못했다.

　인수는 의식을 잃고는 쓰러지고 말았다.

　다시 깨어났을 때, 인수의 양쪽 눈가로 뜨거운 눈물이 주르륵 흘러내렸다.

　서서히 정신이 들기 시작했다.

　"후우우……."

　심호흡과 함께 침대에 걸터앉았다.

　한데, 이제부터 다시 시작할 수 있다는 엄청난 사실을 깨닫자 또 다시 심장이 벌렁거렸다.

　그것은 희열이었다.

　인수는 정신을 차려야만 했다.

　"믿을 수가 없어……."

　난 지금 고1이다.

　앞으로 일어날 일들을 모조리 알고 있다.

인수가 이 모든 것을 받아들이고 서서히 안정을 되찾고 있는 그때, 전생의 기억들이 다시 하나둘 천천히 떠올랐다.

"바수라. 주워 왔다는 뜻이었지. 그리고 위소. 높은 곳에 위치한 새둥지처럼 위태롭다는 뜻······."

한데 당시 위소로 살았던 시절, 농부였던 아버지가 자신에게 했었던 말이 똑똑히 기억났다.

'위태롭지만 그 둥지에서 한번 날아오르면 다른 새들보다 더 높게 날아오르지 않겠냐?'

아버지의 말이 떠올라 울컥하는 그때, 책상 위에 놓여 있던 폴더 핸드폰이 띠리링 울렸다.

문자 표시가 나타났다.

딱 하나만 사용했던 비밀번호, 2580.

폴더를 열고 번호를 누르니 잠금장치가 해제되었다.

그때 핸드폰의 화면에 비치는 자신의 얼굴을 다시 보니 매우 앳되었다.

놀라움과 신기함 속에서 인수는 문자를 확인했다.

-그래서 갈 거야 말 거야? 그것만 확실히 말해.-

문자를 확인한 순간, 인수의 두 눈은 반응이 없었다.

그 어떤 표정도 읽을 수가 없었다.

띠링.

-아 쓰벌. 진짜 왜 대답이 없을까잉. 답답해 죽겠네.-

띠링.

그때 또 하나의 문자가 도착했다.

-환자 코스프레 그만하고 이따 6시까지 복닷컴 앞으로 나와라잉. 알았지?-

병원까지 쫓아와 돈을 빼앗아 갔던 영호의 얼굴이 떠올랐다.

결국 병원에서 쫓겨난 아내 세영과 딸아이 민아는 차가운 죽음을 맞이했다.

"이 좆만 한 새끼."

많이도 싸웠다. 하지만 언제부턴가 승기를 잡고 실컷 두들겨 패주려 들면 영호의 패거리들과 선배들이 나서서 인수를 짓밟고 때린 뒤 영호와 다시 싸우게 했다.

'다시.'

선배 김무열의 목소리가 들려오자 인수는 이가 갈렸다.

받은 만큼, 아니 받은 것보다 몇 곱절로 앙갚음을 하고 싶은 마음이 드는 그때 단전에 자리 잡혀 있는 내공이 느껴졌다.

순간, 사면공자의 얼굴이 또 확 들어왔다.

쩌엉 하며 뇌에 충격이 가해졌고, 몸이 다시 발작을 일으킬 것처럼 경련이 일어나려 하자 인수는 호흡을 길게 하며 정신을 가다듬었다.

당시와 달리 내공이 부족했다.

단전도 튼튼하지 않고 불안정했다.

인수는 마법재료로 사용되었던 전생의 끔찍한 기억을 떠올렸다.

"세르벳……."

가장 먼저 떠오른 것은 역시나 세르벳의 얼굴과 그 끔찍했던 순간이었다.

쩌엉.

또 다시 뇌에 충격이 가해져 왔다. 고통스러웠다.

세르벳의 처참한 죽음이 떠오르자, 인수는 감당할 자신이 없었다.

또 다시 혼절할 것만 같았다.

하지만 세르벳의 마지막 눈이 '반드시 살아 줘…….' 라고 말하고 있는 것만 같았다.

둘 다 서로를 살리기 위해 애썼다.

인수는 울컥하며 눈물이 흘러나오고야 말았다.

하지만 이 슬픔과 고통을 참아내야만 했다.

조심스럽게 라스넬이 강제로 주입시켰던 마법 수식들을 하나씩 떠올려 보았다.

너무나도 방대한 양이었지만, 다행히도 라스넬이 메모라이즈시켰기에, 당시처럼 뇌가 활성화되거나 흥분만 하지 않으면 과부하로 인해 머리가 터져 죽게 되는 불상사는 일어날 것 같지 않았다.

"그 미친 개좆같은 마법사새끼."

라스넬을 생각하니 이가 갈렸다.

독기가 저절로 생겨난 탓에, 날카로운 눈매가 더욱 더 예리하게 빛났다.

인수는 조심스럽게 서클을 회전시켜 보았다.

서클을 중심으로 직경 3미터에 이르는 화이트존이 생성되었다.

하지만 전과는 다른 변수가 발생했다.

순간 단전의 내공이 꿈틀거린 것이다.

서클의 회전이 저절로 빨라졌다.

통제가 되지 않았다.

화이트존 안의 시간이 거꾸로 흘렀다.

자신이 방금 전에 했던 행동.

핸드폰의 문자를 확인하기 위해 2580을 누르고 있었던 시간으로 되돌아간 것이다.

그때 손에 쥐고 있던 핸드폰이 홀로그램처럼 통과해 바닥으로 뚝 떨어졌다.

시간과 공간이 서로 일치하지 않기 때문에 일어나는 현상이었다.

화이트존이 순식간에 사라졌다.

경이로움과 동시에 두려운 마음이 일어났다.

화이트존을 통제하지 못하면 인수의 의지와는 상관없이 서클이 제멋대로 회전해 무슨 일이 일어날지 짐작조차

불가능했다.

인수가 침착하려 애쓰는 그때, 띠링! 하며 영호의 문자가 또 도착했다.

인수는 다시 핸드폰을 집어 들었다.

-계속 씹는구나. 너는 좆도 신경 써 줄 필요도 없는 놈이야. 알았어. 알았다고.-

"씨발 놈. 타이밍 한번 지대루네."

그 문자를 확인한 순간, 분노가 확 치밀어 올랐다.

피가 거꾸로 돈다는 게 뭔지를 확실하게 알 것 같았다.

영호의 얼굴이, 그 비열한 인상이 선명하게 떠올랐다.

세 번의 인생에 걸친 이 모든 분노와 억울함 그리고 무력함이 영호 한 사람에게로 향하는 순간이었다.

쾅. 쾅. 쾅. 쾅.

유일한 보금자리였던 반지하방의 방범창과 문을 발로 차는 소리가 바로 앞에서 들리는 것처럼 선명하게 울려 퍼졌다.

"이 개자식. 당장 죽여 버릴 거야."

이성을 잃은 인수의 눈이 빨갛게 변했고, 저절로 어금니가 갈렸다.

그대로 뛰쳐나갈 기세로 주위를 두리번거리던 인수는 거울 속의 자신을 본 순간 정신이 다시 번쩍 들었다.

뺨과 어깨에 자라난 위소의 흉터. 쇠침에 의해 이마의 선을 타고 귀밑까지 내려가 촘촘히 박혀 있는 바수라의 상처까지.

세 명의 인격이 하나로 합쳐지는 과정에서 이해할 수 없는 현상이 육체에도 일어났다.

"인수야, 진정하자."

바수라의 죽음은 서클의 폭주 때문이었다.

그러니 인수의 의지와는 상관없이 위소가 가진 내공과 바수라가 가진 서클이 서로 조화를 이루지 못하고 충돌을 일으킨다면, 바수라의 죽음처럼 또 다시 끔찍한 일이 일어나고 말 것이었다.

그리고 영호를 상대한다는 것은 곧 영호 한 사람만이 아닌, 학교 일진 모두를 상대해야 하는 것이나 마찬가지였다.

이렇게 찾아온 엄청난 기회를 영호와 김무열을 비롯한 몇 놈만 죽이고 끝낼 수는 없었다.

그것은 한마디로 망치는 것이었다.

인수의 표정이 비장해지는 그때였다.

똑똑.

"아들."

노크 소리와 함께 엄마가 자신을 불렀다.

"엄마?"

인수가 얼떨결에 방문을 향해 대답하자 엄마가 문을 열고 들어왔다.

"야 엄살쟁이, 감기는 좀 으쩌냐?"

순간, 인수엄마는 아들이 바닥에 토해 낸 것을 보았다.

"오메, 머시여! 너 토해부렀어야? 으메 더러부러. 내엠사야!"

인수는 여전한 사투리에 젊고 건강한 엄마를 보자, 온몸이 찡하며 설움이 복받쳐 올랐다.

"엄마."

인수는 그대로 엄마를 꽉 안고 말았다.

"야가 오늘 으째 이런다냐? 아따 옷에 묻잖아!"

인수는 울컥하는 것이 눈물이 또 터져 나올 것 같았지만 혼절하고 나서 더 이상의 눈물은 흘리지 않기로 다짐했다.

"엄마는 다른 사람도 아닌 아들이 아파서 토한 게 더러워?"

인수는 엄마를 꼭 안은 채로 말했다.

인수의 엄마는 어떻게든 인수를 떼어 내기 위해 밀쳐냈다.

오늘 모임에 입고 나갈 옷을 입어 보다가 문득 아들 생각에 잠시 방에 들른 것이었다.

"드러운 건 드러운 거지. 가서 걸레 가따 닦아."

인수는 엄마가 어떻게 말해도 좋았다.

허영에 가득 차서 가족은 뒷전이고, 허구한 날 모임의 엄마들에게 어떻게 잘난 체를 해야 하나 하는 문제에만 신경을 쓰던 엄마로 인해 당시에는 불만이 많았지만, 다시 돌아온 지금은 아니었다.

"오메? 근데 너 얼굴이 으째 이러냐? 아우, 좀 봐 봐. 이거 언제 다친 거야?"

"엄마는 아들에게 너무 무관심해."

인수는 다시 엄마의 가슴에 얼굴을 묻었다.

"아우! 애! 좀 떨어져! 이거 잃어부러서 니 아부지 몰래 다시 샀단 말이여!"

인수는 퍼뜩 오래된 기억이 하나 떠올랐다.

아버지가 결혼기념일 선물로 사 준 명품 가디건을 엄마는 어디선가 잃어버렸다고 생각했었다.

그런데 그 가디건은 냉동실 안 검정 비닐 속에서 소고기 양지와 함께 꽁꽁 얼어붙어 있었다.

오늘은 아버지 생신이랍시고 기분 좋게 미역국을 끓여 준다며 일을 벌이다가 딱 걸리고 말았다.

인수는 지금도 눈에 선했다.

그때 아버지가 술에 취해 엄마에게 보여 준 무언의 폭력.

즉 차디찬 무시와 경멸의 눈빛을.

엄마의 상처는 오래갔었다.

그리고 아버지의 실수로 사업이 실패하며 비극이 시작되었다.

반도체포장제품으로 대기업에 들어갈 패키지제품생산의 신규 라인에 사활을 걸고 제작주문에 들어갔건만, 그대기업은 신규 라인 신설이 미뤄지고 있다는 통보를 끝으로 단 한 개도 사용하지 않았다.

처음부터 불리한 계약을 한 것이었다.

법정 소송이 진행되었지만 대기업의 횡포로 인해 패소했고, 모든 손해를 아버지가 다 떠안아야만 했다.

아버지는 최종부도를 막지 못해 빚더미에 오른 채 도망자의 신세가 되었고, 엄마는 어떻게든 살아보고자 식당일과 공장 청소를 시작했지만 결국 교통사고로 생을 마감하고 말았다.

자살이었다. 달려오는 트럭에 몸을 내던진 것이다.

울지 말자. 이제 더 이상 울지 말자.

앞으로 모든 것을 바꿀 수 있고, 우리 가족 다시 시작할 수 있다.

엄마를 껴안은 인수의 손에 힘이 꾹 들어갔다.

"아휴, 답답해. 어우, 얘! 좀 떨어지라니까!"

인수의 엄마는 모임에 나가기 위해 갈아입은 옷이 더 이상 구겨지거나 오염되는 것이 싫어 인수를 확 밀쳐냈다.

인수는 다시 안겨 왔다.

"엄마. 엄마가 잃어버린 이 가디건 냉동실에 있어요. 양지랑 함께요. 그러니까 그거 잘 숨겨요. 알았죠?"

"뭘 숨겨?"

그때 아버지가 들어왔다.

이 집안의 제왕.

어렸을 때 아빠라고 한 번 불렀다가 혼난 인수에게 아버지의 말은 곧 법이었다.

인수는 사춘기를 맞이하며 예민해졌고 영호와 패거리들에게 시달리는 과정에서 집에 들어오면 신경질만 부리기 일쑤여서 아버지와 대화가 완전히 단절된 상태였었다.

인수는 이제 아버지를 꼭 껴안았다.

"뭐야."

인수의 아버지인 박지훈은 크면 클수록 자신에게 반항하며 거리를 두는 아들이 못마땅했는데, 아들이 갑자기 와락 안겨 오자 멍할 뿐이었다.

"아빠."

박지훈은 두 눈만 껌벅거렸다.

아들이 자신을 아버지라 부르지 않고, 아빠라고 부르면서 힘껏 안아 주고 있기 때문이었다.

그리고 그 힘이 장난이 아니었다. 진심이 담겨 있기에.

"딱 한 번만 아빠라고 부를게요. 아빠."

"……."

피는 물보다 진하다.

얼떨떨한 박지훈도 그 포옹 한 번에 묵은 감정이 눈처럼 녹아 인수의 등을 토닥여 주려 했지만, 마음뿐이었다.

단지 작은 용기가 필요할 뿐인데, 그 용기를 내지 못했다.

박지훈의 두 손은 인수의 등에서 어색할 뿐이었다.

인수는 가족들과 함께 단란한 식사를 하는 도중에도 따뜻한 된장국을 한 수저 머금다가 울컥했지만, 애써 참아냈다.

세영은 무를 채 썰어 된장국을 달달하게 잘 끓였다.

두부요리는 가난한 농부였던 부모님들께서 좋아하셨던 음식이었다.

나물 종류와 호박 부침개는 소현이 좋아했었고, 겨우 돌이 지났던 청아는 구운 생선을 발라 주면 아기 새처럼 뻐끔뻐끔 잘 받아먹었다.

과일은 세르벳이 좋아했다.

인수는 음식들을 먹을 때마다 그들이 떠올라 울컥하며 올라오는 슬픔을 억누를 수가 없었다.

더 이상 밥이 들어가지가 않았다.

먹히지가 않았다.

수저를 들고는 가만히 있으니, 박지훈은 그런 아들을 보며 조용히 수저를 빨았다.

'내가 왜 조심스럽지?'

이런 생각이 들자, 박지훈은 특유의 권위를 내세웠다.

"반찬이."

그 낮은 음성에도 인수의 엄마 김선숙 여사가 화들짝 놀라

고개를 들었다.

"왜요?"

박지훈은 더 이상 대꾸하지 않았다.

그저 무표정한 얼굴로 아내의 눈을 지그시 응시할 뿐이었다.

김선숙은 '또 이 남자가 뭐가 못마땅해서 시비를 거는 거지?' 하는 표정으로 입을 삐죽거렸다.

"어제 장 봐 왔어요. 이 된장국은 뭐 그냥 된장만 풀고 끓입니까요……."

김선숙의 목소리가 모기 소리처럼 작아졌다.

되도록 표준어를 사용하기 위해 애썼다.

"흠."

박지훈이 헛기침만 했을 뿐인데 김선숙은 또 시작했다는 표정으로 고개를 푹 숙였다.

남편이 발끈해서 소리치면 심장이 다 벌렁거렸다.

"애들이 수저만 빨고 있군."

'오메, 수저는 자기가 빨고 있음서…….'

차마 말하지 못하는 엄마였다.

하지만 그 마음의 소리를 귀신같이 다 들었다는 표정으로 박지훈이 두 눈을 부라리자, 김선숙은 어깨를 움츠렸다.

"밥 안 먹냐? 너 땜에 아침부터 분위기 엿 같잖아!"

이 집안의 제왕인 박지훈도 어쩌하지 못하는 여동생인 인혜가 참다못해 신경질적으로 내뱉자, 인수는 힘없이 웃으며 인혜를 바라보았다.

"이 가시나가 즈그 오빠한테 말하는 싸가지 봐!"

인혜의 저격수는 또 엄마다.

김선숙이 냅다 딸에게 화풀이하자, 인혜도 입술을 삐죽거렸다.

"오빤, 너 원망 안 해."

"뭐래?"

여동생인 인혜가 손가락을 귀에 대고는 뱅뱅 돌렸다.

인혜는 아버지가 도망자의 신세가 되고 엄마가 자살로 세상을 떠난 그해 겨울, 한국이 싫다며 도망치듯 일본으로 떠났고 인수와 연락을 끊어 버렸다.

인수는 동생 인혜가 서운했고 한편으론 걱정되기도 했지만, 그나마 똑똑하게 처신했다고 생각했다.

그저 자신보다는 나은 삶을 살아가 주길 바랐을 뿐이었다.

인수는 겨우 눈물을 참으며 식사를 끝마쳤다.

당시에는 짜증나는 집구석이었건만, 지금은 이런 일상조차 행복했다.

인수는 방으로 돌아와 생각에 잠겼다.

아버지의 사업이 잘못되기 시작한 것은 2학기가 시작될 때였으니 아직 시간이 있었다.

그리고 전생의 사람들은 이 세상에서 어찌할 수 없으니 제사라도 지내 넋을 위로해야겠다고 생각했다.

그러나 그것보다 먼저 확인해야 할 일.

바로 세영이를 만나는 일이었다.

"너 공부 안 하고 어디 나가는 거야? 어쭈, 쫙 빼입고? 너 여태 꾀병이었냐?"

인수는 엄마의 말에 웃음이 터져 나왔다.

예전 같았으면 왕 짜증이었을 텐데.

"다녀올 데가 있어서요."

"이리 와. 지갑 내놔."

"왜요?"

"왜요? 지금 몰라서 물어? 너 지금 겜방 가잖아! 용돈 다 압수야."

인수는 웃으며 엄마에게 다가와 두 손으로 양쪽 볼을 잡고는 강제로 입술에 뽀뽀를 세 번 했다.

쪽! 쪽! 쪽!

"뭐여, 뭐시여! 너 시방 뭐하는 짓이여?"

김선숙은 화들짝 놀랐다.

"엄마. 저 PC방 안 가요. 금방 다녀와서 공부할게요. 알았죠? 어구어구 울 엄마."

인수는 엄마의 엉덩이를 토닥거려 주었다.

그러니 김선숙은 멍한 표정만 짓고 있을 뿐이었다.

인수는 현관에서 문을 열다가, 다시 뒤돌아 엄마를 보았다.

"엄마."

"아, 왜?"

"엄마는 왜 늘 화가 나 있어요?"

"니가 지금 중요한 방학 동안에 공부할 생각은 없고 머릿속에 겜할 생각만 있응게 그라지!"

"엄마! 아들은 이제부터 정신 똑바로 차리고 공부해서 엄마친구들이 엄마를 부러워 미치게 만들어 줄게요!"

인수는 다시 다가와서 엄마의 볼에 뽀뽀를 해 주었다.

엉덩이를 또 한 번 토닥거려주는 것도 잊지 않았다.

두 눈만 깜박거리고 있는 엄마가 철부지 소녀처럼 보였다.

인수가 나간 뒤, 모임에 나갈 준비를 하던 김선숙은 냉장고를 뒤져 보았다.

혹시나 하며 소고기 양지를 담아 두었던 검정 비닐을 열어 보았는데, 정말로 잃어버렸던 옷이 거기에 있는 것이 아닌가!

김선숙은 화들짝 놀라 그 옷을 그대로 쓰레기봉투에 넣고는 꾹꾹 눌러 버렸다.

◇ ◆ ◇

인수는 들뜬 마음으로 집을 나섰다.

엘리베이터 안에서 거울을 보니 웃음이 터져 나오는 것을 멈출 수가 없었다.

아래층에 사는 아주머니가 엘리베이터에 탔다.

인수가 씩 웃으며 거울을 보고 있는 것을 보고 아주머니가 고개를 갸우뚱거렸다.

항상 어깨가 축 처진 채로 매일 죽을상을 짓던 녀석이 오늘은 해맑은 얼굴을 하고 있으니 별일이다 싶은 것이었다.

"뭐, 좋은 일 있나 보네?"

"네."

"아휴, 좀 그렇게 웃고 다녀라. 보기 좋다."

"아, 네……."

인수가 대답하는 그때, 땡 하고 문이 열렸다.

아파트 현관을 빠져나와 하늘을 보니 파란 하늘이 눈부셨다.

"다시 시작하기 좋은 날씨네요!"

인수가 뒤돌아 말하며 힘찬 발걸음을 내딛었다.

세영이 보고 싶어 미칠 지경이었다.

택시를 타고 도착한 세영의 아파트 앞.

인수는 주위를 둘러보며 자신을 벌레만도 못한 취급을 하며 사위로 인정하지 않았던 장인어른에 대한 생각에 잠겼다.

이때만 해도 도급 순위 100위권의 중소 건설기업인 진남기업을 꾸려 나갔던 장인어른은 말도 안 되는 급성장을 이루어 내며 1조 원대 매출 규모의 동해기업을 인수했다.

다윗이 골리앗을 삼켰다.

그러니 장인어른의 죽음에는 밝혀지지 않은 비밀이 있는 것이었다.

인수는 무의식적으로 호주머니에서 전화기를 꺼냈다가 도로 집어넣었다.

전화번호도 확실치가 않고, 더군다나 지금은 서로 모르는 사이이기에.

인수는 마냥 아파트 공원 벤치에 앉아 기다렸다.

별생각이 다 들었다.

혹시 이 세계에는 세영이 존재하지 않을지도 모른다는 불길한 생각도 들었다.

"아냐."

제발…… 제발 아무 일 없기를.

제발 내 앞에 건강한 모습으로 나타나 주기를.

나 여기 이렇게 네가 나타날 때까지 기다릴 테니 제발……

간절했다.

그녀도 타고, 미끄럼도 타다가 시간이 얼마나 지나갔을까?

세영이 미래의 장인어른과 함께 현관을 빠져나왔다.

'세영아!'

세영이 눈앞에 나타난 것 자체가 인수에게는 기적이었다.

신이 정말 존재한다면 무작정 감사하고 싶었다.

감사합니다. 정말 감사합니다!

세영아!

인수는 소리쳐 부르고 싶었다.

쿵쾅쿵쾅.

인수의 심장은 거칠게 뛰기 시작했다.

왈칵 하며 눈물이 다 쏟아져 나왔다.

한데 바로 그 순간, 서클이 저절로 회전하며 화이트존을 생성시켰다.

'왜 이러지?'

인수는 겨우겨우 심호흡을 하며 마음을 진정시켰다.

다행히도 서클이 회전을 멈추었다.

인수는 다시 세영을 보았다.

당장이라도 달려가 부둥켜안고 맘껏 울고 싶은 것을 꾹꾹 참았다.

그렇게 진정하고 나니, 세영의 앳된 얼굴이 다시 보였다.

'예쁘다.'

다리가 길고 예뻐서 검정색 쇼트 팬츠가 잘 어울리는 세영을 보고 있노라니 가슴이 벅차올랐다.

하지만 미래의 장인어른께서는 딸의 쇼트 팬츠가 못마땅한 표정이었다.

"여기 있어. 차 가져올 테니까."

"네."

"아니다. 같이 가자."

"네."

인수는 세영이의 뒷모습을 보고 또 보았다.

보고만 있어도 좋았다.

정말 다행이라는 생각이 계속 들었다.

잠시 뒤 고급 세단이 인수의 앞을 지나가다가 앞에서 딱 멈추어 섰다.

"……?"

인수가 의아한 표정을 짓는 그때 조수석 문이 열리더니 세영이 내렸다.

세영은 다시 집으로 들어갔다.

잠시 뒤, 세영이 다시 밖으로 나왔는데 청바지로 갈아입은 상태였다.

그때 세영과 인수의 두 눈이 마주쳤다.

인수는 당장이라도 다가가 말을 걸고 싶었지만, 세영은 인수에게서 시선을 떼고는 차에 올라탔다.

장인어른이셨던 김영국이 막 출발하려는 그때였다.

부우웅!

야옹.

차 앞으로 새끼 고양이가 들어가고 있는 것을 발견한 인수는 자기도 모르게 발을 박찼다.

끼익!

인수가 범퍼를 스치며 새끼 고양이를 안고는 몸을 빼내며 구르자 김영국이 화들짝 놀라 급브레이크를 밟고는 소리쳤다.

"얌마! 무슨 짓이야!"

"죄송합니다. 다급한 나머지 어쩔 수가 없었습니다."

인수가 조수석 앞에서 새끼 고양이를 품에 안은 채로 몸을 일으키며 말했다.

새끼 고양이를 발견한 세영의 눈이 반짝 빛났다.

"이놈의 고양이 새끼들이 사람 무서운 줄 모르고!"

김영국이 차에서 내려 조수석 쪽으로 돌아와 인수의 몸상태를 확인하듯 위아래를 훑었다.

"괜찮습니다."

"정말 괜찮아?"

의심으로 가득한 눈이었다.

"네. 부딪치지 않았습니다. 걱정 마세요."

인수는 활짝 웃었다.

새끼 고양이가 인수의 품 안에서 야옹하고 울었다.

내내 얼굴이 굳어 있던 세영의 입가에도 미소가 걸쳐졌다.

"귀엽다."

세영이 말하자, 인수는 새끼 고양이를 세영에게 살짝 내밀어 보여 주었다.

야옹.

활짝 웃는 세영.

인수는 가슴이 또 아려 왔다.

세영이 손을 뻗어 새끼 고양이를 만지려 하자 김영국이 말렸다.

"만지지 마. 더러운 길고양이."

세영의 손이 주춤거리다가 다시 돌아갔다.

인수는 옆에서 맴돌고 있는 어미 고양이를 발견하고는 새끼 고양이를 바닥에 내려 주었다.

새끼 고양이는 어미 고양이에게 달려갔다.

"자, 받아."

김영국이 명함을 내밀었다.

명함을 받아들고 이름을 확인하는 순간, 온몸이 찡하며 또 울컥하는 무엇인가가 올라왔다.

그 어떤 비리를 저질렀다고 해도, 살아만 계셨더라면…….

너무나도 힘들었던 당시에도 인수는 이런 생각을 하며 도덕적인 딜레마를 느꼈었다.

지금이라도 늦지 않았다.

인수가 장인어른의 도덕성을 어떻게 바로잡아야 할지를 고민하는 순간이었다.

"무슨 일이 있으면 연락해."

"네."

차가 출발했고, 세영과 인수의 눈이 다시 한 번 마주쳤다.

인수는 멀어져 가는 차를 보며 다짐했다.

다시 만나러 올게. 하지만 다시는 그런 삶을 살게 하지 않을 거야.

미안해, 정말 미안해…….

세영의 마지막 편지와 마지막 밥상.

인큐베이터를 떠나면 안 되었던 딸아이.

그 핏덩어리가 무슨 죄라고…….

배냇저고리의 약물 얼룩과 더 이상 주사 바늘을 찌를 곳이 없을 정도로 파랗게 멍이 들어 있었던 그 고사리 같은 작은 손.

싸늘한 주검 그리고 깨진 창문이 떠오르자 인수는 또 다시 울컥했다.

어미 고양이가 야옹하고 울었다.

"어쨌든 어미 고양이가 잘못되면 안 되지."

인수의 얼굴이 비장해졌다.

◇ ◆ ◇

인수는 집으로 돌아오는 길에 도서관에 들렀다.

인수에게도 꿈이 있었다.

나쁜 놈들을 때려잡는 형사가 되는 것이 인수의 꿈이었다.

그래서 경찰대 진학을 위한 공부도 공부지만, 앞으로 당장 닥쳐올 일들에 대비해야 할 것들이 많았다.

진열된 많은 책들을 둘러보다가 가장 먼저 뽑아본 책은 중소기업의 납품거래와 계약에 관한 책이었다.

인수는 책을 한 장씩 펼쳐 보다가 중요한 부분은 핸드폰 카메라로 찍어 두었다.

한데 그 순간, 그 이미지가 인수의 머리에도 똑같이 저장되었다.

미치광이 마법사 라스넬이 강제로 주입시킨 마법 수식들의 메모라이즈 체계가 여기서도 적용되고 있는 것이었다.

하지만 책을 읽을수록 인수가 더욱 놀란 것은 빠른 이해력과 더욱 깊어진 사고력이었다.

단전에 자리 잡힌 내공이 뇌 기능을 높이고 있는 것이었다.

인수는 원하는 책들을 몽땅 뽑아와 자리에 앉아 한 장씩 펼쳐 보다가 도무지 이해가 가지 않는 부분은 그대로 메모라이즈시켰다.

도서관의 진열장처럼 가나다라 순서로 공간을 나누어 숫자 기호를 새겨 색인을 해 둔 뒤, 다시 찾아 꺼내어 보니 눈앞에서 사진을 보는 것처럼 선명하게 보였다.

인수의 입꼬리가 씩 하고 올라갔다.

암기과목은 이걸로 해결된 것이었다.

◇ ◆ ◇

집으로 돌아온 인수는 엄마에게 몇 가지 음식을 차려 달라고 부탁했다.

소현과 청아가 좋아했던 나물 종류와 호박 부침개, 조기 구이에 농부였던 아버지와 어머니가 좋아하셨던 두부음식과 소고기를 다져 볶아 달라고 주문했다.

"아들. 이거…… 마트 가면 다 있는데…… 마트에서 사다 주면 안 될까? 어차피 마트를 가야 되니까."

"엄마 제발요. 전 엄마가 장 봐 와서 해 주는 음식을 먹고 싶다고요."

"알았어! 누가 박지훈 아들 아니랄까 봐!"

인수는 엄마와 함께 마트에 가서 카트를 밀고 다니며 장을 보았다.

집에 돌아와 요리를 할 때 옆에서 지속적으로 맛을 보며 함께했다.

"엄마, 짜지만 않으면 괜찮을 거예요."

"오메……. 참말로 뭔일이다냐."

김선숙은 요즘 들어 밥도 제대로 먹지 않던 아들이 못하는 요리라도 옆에서 적극적으로 관심을 보이며 돕자 은근히 기뻤다.

말도 예쁘게 한다.

사춘기를 맞이한 뒤로 생전 안 하던 뽀뽀를 박력 있게 해 주질 않나.

엉덩이를 토닥거려 주질 않나.

그래서 한편으로는 뭔가 이상했다.

김선숙의 시선이 청포도에 머물렀다.

내 아들이 언제부터 청포도에 관심이 있었던가?

청포도는 세르벳을 위해 사 왔다.

언젠가 간수장이 청포도를 먹는 모습을 세르벳은 부러운 눈으로 바라보았다.

"아들 뭐가 막 땡겨? 포도 씻어 줄까?"

"아…… 네."

인수의 엄마, 김선숙 여사께서는 실로 오랜만에 아들을 위해 음식을 장만해 주었다.

그러는 동안에도 쉴 새 없이 전화기가 울려댔다.

"여보세용? 어머, 언니! 저 요리하는 중이랍니당. 울 신랑 아니거든요? 밖에서 더 잘 먹고 다니는데요 뭐. 호호호호! 울 아들이 클려고 그러나 뭐가 막 땡기나 봐! 어머어머, 신랑도 아니고 아들이 먹고 싶다는데 해 줘야지. 아, 못해도 해 줘야죠!"

누군지는 모르겠지만 요리를 하는 내내 엄마의 귀에서는 전화기가 떨어지지를 않았다.

"썩을 년. 염병할 년. 미친 년. 지는 얼마나 요리를 잘한다고 대놓고 무시야? 쉐에프? 지 아들이 영어 연수 좀 다녀왔다고 지도 영어로 씨부렁거리기는."

"창훈이 엄마?"

"으응."

"창훈이 녀석 자기 엄마한테 불만 많던데."

"잉? 으째? 으째서 불만이 많아불까잉?"

김선숙의 눈빛이 번쩍거렸다.

사투리가 또 저절로 튀어나왔다.

모임에 나가 창훈이 엄마가 없을 때 씹을 거리가 생긴 것
이었다.

"엄마가 이상하데요."

"그라지? 이 언니 이상해. 다들 싫어해. 우리가 자기 불쌍
해서 만나 주는 것도 모르고. 근데, 뭐시 이상하데?"

"스토커요, 스토커. 창훈이 말로는 엄마가 하나부터 열까
지 자기를 너무 간섭한다고, 뭐 그러더라고요. 자기 군대
가도 근처에 방 얻어서 따라올 거라고."

"그 언닌 그러고도 남아. 승질이, 승질이 아주 말도 못해.
창훈이 갸도 딱하다. 반장이면 뭣한다냐? 아들, 엄마는 그
정도는 아니지?"

"그럼요. 난 울 엄마가 최고! 아줌마들 중에서 엄마가 젤
젊고 예쁜 거 같아."

"호호호. 엄마가 한 인물 하긴 하지."

"엄마는 영원한 소녀."

"호호호!"

김선숙은 속을 시원하게 긁어주는 아들과 함께 요리를
하니 더 즐거웠다.

어느새 저녁이 되었다.

하지만 인수는 그 음식을 전혀 먹지 않고, 제사상을 펴더

니 양쪽에 촛불을 밝히고는 그곳에 옮겼다.

"아니, 뭐 제사 지내냐?"

"네."

"……."

그냥 던졌는데 그렇단다.

김선숙 여사는 할 말이 없었다.

인수는 예전에 아버지가 가르쳐 주었던 지방 쓰는 법을 따라 지방을 작성했다.

귀찮아서 건성으로 대답했었는데 그 장면이 또렷이 기억났다.

그때 박지훈이 들어왔다.

"아버지, 오셨어요? 오늘 힘드셨죠? 수고하셨습니다."

"어…… 그래."

'이 녀석 진짜 왜 이러지?'

"정말 남자들 밖에서 돈 버는 거 너무 힘들어."

아저씨처럼 말하는 인수의 말투에 박지훈은 고개를 갸우뚱거렸다.

"아버지. 오늘 하루 정말 수고하셨습니다."

진심이 느껴졌지만, 고맙다는 말은 하지 못했다.

박지훈은 어색했다.

눈도 안 마주치고 대충 인사하고는 방으로 쏙 들어가기만 했었던 아들이었는데……

순간 박지훈은 맛있는 냄새가 확 풍겨 기분이 좋았다.

"냄새가 좋군."

아침에 아내에게 눈에 힘을 빡 준 게 효과가 있다고 생각
했다.

한데 제사상이 차려져 있네? 양쪽으로 촛불도 밝혀져 있고?

"오늘이……."

누구 제사지?

박지훈이 묻자 김선숙은 앞치마 앞주머니에 두 손을 쏙
넣고는 고개만 저었다.

니 아들 맛 갔다는 표정으로.

제사상 앞에서 아들이 지방을 작성하고 있자, 박지훈은
뒤에서 물끄러미 바라보았다.

중팔…… 마순…… 소현…… 청아…… 세르벳?

인수는 지방을 다섯 개 쓰더니 음식 뒤에 올려놓고는 술
을 따르고는 절을 올렸다.

그 모습은 너무나도 진지했고, 숙연했기에 말릴 수도 없
었다.

박지훈과 김선숙의 머리가 지끈해지는 순간이었다.

그때 김선숙의 핸드폰이 울리며 문자가 왔다.

-어머님, 오늘 인수 학원 안 왔는데 무슨 일 있나요?-

학원 수학 선생님이었다.

제2장 준비

트리니티 레볼루션
Trinity Revolution

제2장 준비

인수는 그날 밤 부모님께 드릴 말씀이 있다며 두 부부를
다시 긴장시켰다.

"아버지, 어머니."

"으응?"

김선숙은 침을 꼴깍 삼켰다.

"아들 꿈이 뭔지 아시죠?"

얼큰하게 술에 취한 박지훈이 옆에서 즉시 대답했다.

"형사."

"네, 맞아요. 제 꿈은 형사입니다."

인수가 말하자, 김선숙이 즉각 끼어들었다.

"그래 말 한번 잘했다. 그런 녀석이 학원은 왜 빼먹었어?

경찰대는 그냥 간다니? 너 왜 엄마 속여? 너 아까 뭐랬어?
뭐 엄마를 제일 부러운 엄마로 만들어 주네 어쩌네 설치더
니 지금 뭐하자는 거야? 이게 거짓말만 잔뜩 늘어서는!'

고액 과외와 학원이 모든 것을 해결해 주는 걸로만 믿고
있는 엄마에게는 그것이 제일 중요했다.

"학원을 빼먹었다?"

순간 박지훈이 말하자, 김선숙은 아차 싶었다.

"아따메…… 인수 아부지 그란 것이 아니고라……."

"사정이 있었어요."

박지훈은 팔짱을 낀 채로 오래도록 말하지 않았다.

그저 창밖으로 시선을 던진 채 시간만 흘려보냈다.

"아버지."

"듣고 싶지 않구나."

박지훈이 매우 피곤하고 실망스럽다는 표정으로 말했다.

"아버지. 일단 제 말을 먼저 들어 주세요."

"쯧쯧쯧."

박지훈은 대답 대신 혀를 찼다.

인수는 그런 아버지를 보았다.

언제나 저런 식이었다.

한심한 놈이라는 표정을 넘어서 차라리 경멸에 가까운
눈빛.

"아버지. 지금 제 말을 들어 주지 않으면 앞으로 부자

사이의 대화가 다시 단절될 수도 있습니다."

박지훈은 순간 열이 확 뻗쳐 올라왔다.

눈에 저절로 힘이 빡 들어갔다.

인수는 그 눈을 정면으로 응시했다.

"충분히 대화로 풀 수 있는 문제라서 말씀드리려는 겁니다."

"대화? 너 대화가 뭔지나 알아?"

아버지는 왜 이렇게 말끝마다 나를 무시하는 걸까?

"아버지."

"피곤하다. 피곤해."

"아버지!"

'이놈 봐라?'

박지훈은 말은 이렇게 하고 있지만, 어째 내 아들이 아닌 전혀 다른 사람을 대하고 있는 것만 같았다.

"여보……."

김선숙이 박지훈의 옆구리를 찔렀다.

"하!"

"여보오오……."

"왜!"

박지훈이 버럭 하자, 김선숙은 화들짝 놀랐다.

주눅이 든 채로, 어깨를 움츠렸다.

"그래, 좋아. 대화하자, 대화. 말해 봐."

"네, 아버지. 일하지 않는 자는 먹지도 말아야 합니다. 학생이 해야 할 일은 당연히 공부이고요."

박지훈이 입만 열면 하는 소리였다.

"그래, 아는 놈이……."

"네, 아버지. 항상 감사드리고 있습니다. 저희들을 위해 열심히 일해 주셔서요. 그것도 외롭게요. 남자들은 기본적으로 외로워요. 외롭고 고독한 게 사실이에요."

"……."

외롭고 고독하다.

이 녀석이 내 맘을 아네?

박지훈은 아들의 말에 기분이 묘해졌다.

"엄마도요. 아닌 척하지만, 저만 보고 사시는 거 다 알아요. 모임에 나가면 다들 자기 새끼 자랑하기 바쁜데 엄마는 속이 부글부글 끓으셨겠죠. 뭐 자랑할 게 있어야죠."

김선숙도 두 눈만 깜박거렸다.

감기를 앓고 나더니 속이 깊어졌다.

항상 짜증과 신경질만 부리던 내 아들이…….

"해서 드리는 말씀입니다."

"그래, 말해 봐."

"이번 방학. 저에게는 정말 중요한 시간입니다."

"당연하지. 근데 학원을 빼먹었으니 네 말은 처음부터 앞뒤가 맞지 않아."

이 모든 대화가 그저 소모전일 뿐이라는 박지훈의 말투.

인수는 이제 단도직입적으로 말을 해야 했다.

"국영수."

"국영수?"

국영수? 지금보다 더 비싼 고액 과외를 원하나?

김선숙은 속으로 쾌재를 불렀다.

모임에 나가면 그 잘난 아줌마들이 자랑하며 떠들어대는 스타강사 고액 과외를 드디어 붙일 수 있게 될 것 같았다.

3등급인 인수와는 달리, 학부모 모임의 자녀들은 일명 괴물로 통하는 2등급이 대부분이었고, 신들의 세계 1등급 소수와 전체 1등을 찍은 경느님(경석)도 있었다.

"모두 빼 주세요."

"뭐?"

"뭐 인마?"

박지훈과 김선숙은 화들짝 놀랐다.

"저 방학 동안 학원 못 다닙니다."

"너 미쳤구나?"

"어떻게 설명을 드려야 할까요? 엄마. 학원 공부로는 1등급 절대 못 올려요."

"1등급?"

"니가 1등급?"

2등급도 괴물들이건만 인수의 입에서 일명 신들의 세계로 통하는 1등급이 나왔다.

"이번 방학 동안 제가 절대적으로 집중할 수 있는 장소가 반드시 필요합니다. 제가 알아보았는데 절이 괜찮은 거 같아요. 요즘은 절도 돈만 주면 공부할 수 있는 장소를 마련해 주거든요."

김선숙은 아들이 하는 말을 잠자코 들을 수밖에 없었다.

어디까지 미쳤나 직접 확인하고 있는 중이었다.

그러면 그렇지.

박지훈은 역시나 실망스러웠다.

이런 놈하고 뭔 대화를 한다고…….

"그러니까. 절에 들어가겠다고? 학원 빼먹고? 결론이 그거야?"

"네."

"너 미쳤냐? 진짜 보자 보자 하니까, 너 지금 너무하는 거 아니냐? 너 진짜 미쳤어? 오메 참말로! 야가 사람 미치고 환장하고 팔짝 뛰게 만드네? 오늘 야가 하루 종일 나를 들었다 놨다 하네? 야!"

김선숙은 어이가 없어서 막 내뱉기 시작했다.

이쯤 되면 자식이고 뭐고 없이 막가자는 거였다.

"1등급으로 올리겠습니다."

"니가 어떻게 1등급을 올려!"

박지훈보다 김선숙이 더 열 받아 소리쳤다.

"네 인생이니까 네가 알아서 해라."

그에 비해 박지훈은 이미 포기한 상태였다.

"그만하자. 쉬고 싶구나. 너도 네 방 가라."

"아버지. 1등급 올려서 서울대 아니 경찰대 가겠습니다."

"절간에서?"

"네."

"오메 속 터져."

"이제는 부모를 놀리기까지 하다니."

김선숙이 속이 터져 죽겠다며 손으로 가슴을 치는 그때, 박지훈은 끓어오르는 분노를 겨우 삭이며 벌떡 일어섰다.

"그러면 그렇지. 어쩐지 뭐가 이상하다 했어. 와, 이런 식으로 부모를 가지고 놀아?"

"아버지. 여기서 약속드리겠습니다. 2학기 중간고사 성적. 아직 전체 1등은 약속드릴 수 없지만, 반드시 1등급은 올려놓겠습니다."

"절간에서?"

"네."

두 부부는 할 말을 잃고 말았다.

하도 어이가 없어서 기가 차지도 않았다.

"다 필요 없다. 그냥 너 알아서 살아라. 그러면 되는 거잖아? 부모가 뭔 필요야? 그래, 안 그래?"

박지훈이 슬픈 목소리로 말했다.

마누라부터 시작해서 모두가 나를 기피하고 이런 식으로 속이고 있다니.

"집구석 잘 돌아간다."

박지훈의 귀에는 인수가 하는 말이 방학 동안 가출해서 PC방에서 살겠다는 소리로 들렸다.

"인수야! 너 빨리 무릎 꿇고 빌어!"

"아버지."

인수가 조용히 박지훈을 부르며 눈을 마주쳤다.

"그만해!"

박지훈은 결국 폭발하고 말았다.

"아버지!"

"……?"

인수가 소리치자 박지훈은 깜짝 놀랐다.

지금까지 일이 이렇게까지 커지지도 않았을 뿐더러, 아들이 이렇게까지 맞받아치지도 않았었다.

"실망인가요?"

순간 주위가 조용해졌다.

"아무짝에도 쓸모없는 놈이 여전히 실망만 시키고 있는 건가요?"

인수를 노려보던 박지훈의 두 눈이 동그래졌다.

거실에는 정적만이 맴돌았다.

똑딱똑딱 시곗바늘 돌아가는 소리만이 들려왔다.

"언제나 그런 식이었죠. 실망이다, 아무짝에도 쓸모없는 놈, 형편없는 놈이라며 무조건 경멸의 눈빛을 보내는 게 우선이었죠. 전 그럴수록 입을 꾹 닫았고요. 제가 닫은 게 과연 입뿐일까요? 마음도 완전히 닫았었죠."

인수는 주먹을 꽉 쥐고는 자신의 가슴을 한이 맺힌 듯 치며 말했다.

"형편없는 놈! 쓸모없는 놈의 자식! 나약한 자식! 아버지께 맞는 거보다 그런 말들이 평생 상처로 남았습니다. 왜 단 한 번도 제 편이 되어 주지 않은 겁니까? 제가 남입니까? 다른 사람도 아닌 하나밖에 없는 아들인데요!"

"지금 네가 하는 말이!"

"네! 그 어떤 미친 소리라도 아들이 하는 말이라면 한 번쯤은 믿어 주셨어야죠! 속고 후회하더라도! 부모라면 딱 한 번쯤은 아들을 믿고 응원해 주셨어야죠!"

박지훈은 멍해졌다.

두 눈만 깜박거렸다.

"보세요. 누가 아버지에게 먼저 살갑게 다가갈까요? 제가 기억하는 아버지는 항상 외로웠어요. 전 아버지가 옆에 있어도 아버지가 그리웠고요. 어디서부터 뭐가 어떻게 뒤틀린 걸까요? 제가 뻘뻘 기어 다니던 갓난아기 때는 그렇게도 자주 품에 안고 절 예뻐하셨다면서요? 잘 보세요. 전

여전히 아버지 아들이에요. 이렇게 컸지만! 아버지의 숨소리가 지금도 들리는 것 같고, 그 넓은 가슴이 여전히 그리운 아들이라고요!"

인수는 울컥하며 솟구쳐 올라오는 감정들을 삼켰다.

"이번 한 번만 제 편이 되어 주세요. 중간고사 성적 확인하시고, 그때 저를 죽이든 살리든 하세요. 제가 부모님을 속인 것이라면! 그때 아버지께서 어떤 벌을 내리시더라도 달게 받겠습니다."

박지훈과 김선숙은 아무런 말도 하지 못했다.

"그럼, 방으로 돌아가겠습니다."

인수가 방으로 들어가자, 두 부부는 그저 멍한 표정만 짓고 있을 수밖에 없었다.

방문이 닫히자, 벌떡 일어섰던 박지훈은 다리의 힘이 풀려 털썩 주저앉고 말았다.

심장이 다 벌렁거리기까지 했다.

잠시 후, 인수는 방에서 나와 여동생 인혜의 방문을 노크했다.

앞으로 닥쳐올 가족들의 문제에 여동생 인혜 역시 단단히 한몫했었다.

기억에 의하면, 인수와 연년생인 인혜는 1년 후배인 남학생과 사귀었는데, 그 남학생의 배신으로 큰 상처를 받았었다.

그 상처로 인해 인혜는 한동안 방황했고, 부모님의 속을 꽤나 썩였었다.

그리고 인혜는 꿈까지 접고 말았다.

화려한 연예인을 꿈꾸는 가수 지망생인 인혜는 초등학교 5학년 때부터 아트만골드라는 동네의 작은 연예학원을 다녔다.

이 아트만골드는 인혜가 뛰쳐나온 뒤, 스타들을 차례차례 배출하며 국내 5대 연예기획사로 급부상했다.

인혜는 공개 오디션을 준비하는 과정에서 1년 후배인 중2 남학생과 혼성 듀엣을 결성했고 원장 몰래 사귀게 된 것이었다.

집안에서는 막말을 내뱉고 신경질적이었던 것과는 달리, 밖에서의 인혜는 믿을 수가 없을 정도로 예의바르게 행동했고, 그 남학생에게는 천사표였다.

하지만 오디션이 가까워진 어느 날, 인혜는 그 남학생이 양다리를 걸치고 있었다는 사실을 알게 되었다.

이후 TV로 공개 오디션 프로그램을 보던 인혜가 그 혼성 듀엣이 예선을 통과하는 모습을 확인하고는 리모컨을 던지며 통곡했던 사연을 인수는 나중에서야 알게 되었다.

아트만골드의 원장은 그 남학생의 삼촌이었다.

인혜는 남자친구와 학원으로부터 버림을 받은 것이었다.

그리고 그 문제의 남자친구는 민혁이라는 이름으로 TV 프로그램에 꽤 등장했다.

똑똑.

안에서 대답이 없자 인수가 말했다.

"오빠야."

"아, 왜?"

안에서 들어오면 마치 죽여 버리겠다는 듯 신경질적인 목소리가 새나왔다.

문은 굳게 잠겨 있었다.

"문 좀 열어 봐."

"아, 뭐냐고!"

달칵달칵.

여전히 문을 열어 주지 않자, 인수는 서클을 돌려 화이트 존을 만들었다.

인혜가 만지고 있는 핸드폰 화면이 인수의 눈에 선명하게 보였다.

역시나 인혜는 남자친구와 싸우고 있는 중이었다.

'늦지 않았으면 좋으련만.'

인수는 이런 생각을 하며 마나를 컨트롤해 안에서 잠긴 방문을 열고 들어갔다.

침대에 속옷 차림으로 누워 남자친구의 문자를 기다리며 속을 끓이고 있던 인혜가 깜짝 놀라 베개를 던진 뒤 손가락을 날카롭게 세워 방문을 가리키며 소리쳤다.

"나가!"

그 상태로 인혜는 고개를 갸우뚱거렸다.

"뭐야? 어떻게 들어왔어? 누가 들어오래? 안 나가?"

인혜는 재빨리 이불로 몸을 가렸다.

인수가 들어가서 방문을 닫자, 김선숙은 살금살금 다가가 방문에 귀를 대 보았다.

요즘 인혜에게 무슨 일이 생겼다는 것을 눈치 채고 있었기 때문이었다.

"자, 받아."

인수는 인혜에게 용돈을 주었다.

무려 만 원짜리 세 장이었다.

옛날 같았으면 용돈이 남아돌아도 버리면 버렸지 절대로 있을 수 없는 일이었다.

"오메. 니가 뭔 일이냐? 참말로 엄마 말대로 오메네."

인혜는 몸을 가린 이불 속에서 손을 빼내 일단 돈을 받아 챙겼다.

"오빠한테 니가 뭐냐?"

"아 씨, 왜 그래? 짜증나게."

인수는 풋, 하고 웃고 말았다.

"나 아 씨 아니거든? 박 씨거든? 너도 박 씨."

"아이고, 븅…… 지랄을 하세요."

"참 말 예쁘게 한다."

"누가 그딴 개그하래?"

"미안하다."

"너 근데 진짜 미쳤냐? 돌았어? 너 진짜 이상하다? 아빠한테도 대들고? 오늘 안 맞아 죽은 게 다행인 줄이나 알아."

웃기는 게 인혜는 아빠라 부르는 게 허용되었다.

그것이 부러웠었고, 불만이었던 인수였다.

"볼일 봤으면 그만 나가시지?"

언제나 자신을 개 무시하는 여동생이었다.

사실 인수도 당시에는 여동생 따위 안중에도 없었다.

툭하면 서로 부딪쳤고, 그럴 때마다 인수만 장남이라는 이유로 오빠라는 이유로 아버지에게 혼나며 체벌을 당했기에 서로 무관심한 것이 상책이었다.

하지만 지금은 하나밖에 없는 소중한 여동생이었다.

남만도 못한 지금 이 관계를 하루아침에 개선할 수는 없을 것이었다.

인수는 여동생과의 관계야말로 진짜 긴 시간이 필요한 문제라고 생각했다.

"인혜야."

"아, 뭐냐고! 꺼지라고!'

"알았다. 알았어."

인수는 두 손을 들었다.

'으이구, 밖에서도 저렇게 성질을 좀 내 보지.'

하지만 돌아서려던 인수가 정색하며 말했다.

"오빠가 딱 이 말만 할게."

"아, 진짜 짜증나게 하네. 뭐?"

"절대 포기하지 마."

"아, 네. 됐어? 이제 나가."

인혜가 빨리 나가라며 손을 휘휘 저었다.

인수는 저 성질머리하고는 하는 표정으로 방을 빠져나올 수밖에 없었다.

문을 열었는데 엄마가 귀를 바짝 대고는 엿듣다가 딱 걸리자 화들짝 놀랐다.

"아, 진짜 다들 왜 그러는데!"

뒤에서 인혜가 엄마를 발견하고는 이불로 몸을 꽁꽁 싼 채로 문을 닫기 위해 다가왔다.

"이 미친년아! 오빠가 뉘 집 개냐?"

"아 뭐야! 몰래 엿듣기나 하고! 나 좀 냅두라고! 제발!"

인수는 엄마를 향해 어깨를 으쓱했다.

"민감할 때니까 그냥 두세요."

뒤에서 방문이 쾅! 하고 닫혔다.

소파에 앉아 있는 박지훈의 코에서 뜨거운 김이 숙숙 뿜어져 나왔다.

눈은 TV를 향하고 있지만, 겨우겨우 마음을 추스르고

있는 중이었다.

'한 달 뒤에 보자⋯⋯.'

이 집구석 다시 한 번 재정비에 들어가야 할 때라고 결론
을 내리는 중이었다.

하지만 한편으로는 자신의 숨소리를 스스로 느껴보았다.

그날 밤.

김선숙은 쓰레기봉투를 뒤져 옷을 꺼내 세척했다.

그리고는 당당하게 베란다에 말렸다.

남편이 만약 같은 옷이 왜 두 벌이냐고 묻는다면, 당당하
게 사연을 말하고 당신이 하도 무서워서 내가 이럴 수밖에
없었노라고 오히려 따질 계획이었다.

갑작스레 믿음직스럽고 든든해진 아들이 있었기에 가능
한 일이었다.

◇ ◆ ◇

아트만골드.

인수는 허름한 5층 건물을 올려다보았다.

이제 곧 이 빌딩 전체를 아트만골드가 소유하고 확장
공사가 끝나면 새로운 모습으로 다시 태어나게 될 것이었
다.

인수는 이 건물 벽에 붙게 되는 스타들의 대형 브로마이드를 떠올렸다.

브랜드 커피전문점과 도넛 가게들이 입점했고, 연예인들을 직접 보기 위해 찾아오는 사람들로 문전성시를 이루던 곳이었지만, 지금은 썰렁하기만 했다.

문을 슬쩍 밀어 보니 잠겨 있지도 않았다.

인수는 안으로 들어가 창문을 통해 연습실을 들여다보았다.

방학이라 그런지 생각보다 많은 학생들이 있었다.

몇 명의 아이들이 유명 아이돌 그룹의 동영상을 따라하며 단체로 안무를 익히고 있는 중이었다.

그들 중에는 인수가 잘 알고 있는 대형 스타 보보가 있었다.

인혜의 모습은 보이지 않았다.

인수는 한쪽에 위치한 원장실을 발견했다.

서클을 돌려 화이트존을 생성시켰지만, 원장실까지는 뻗어 나가지 못했다.

'뒤로 돌아가야겠는데.'

인수는 복도를 타고 돌아가 원장실 벽 뒤에 섰다.

그곳에서 다시 화이트존을 생성시키자, 실내의 모든 것이 한눈에 들어와 잡혔다.

다행히도 서클은 안정적으로 회전했다.

이대로라면 화이트존 안의 모든 것이 자신의 신체일부

처럼 느껴지기에, 상대방의 감정까지도 눈알을 옆으로 돌리고 굴리는 것처럼 통제가능하다.

'저 바보.'

인혜가 원장 앞에 앉아 울고만 있는 것이 아닌가!

인혜의 옆에는 그 문제의 남자친구로 보이는 민혁이 인혜처럼 고개를 푹 숙이고 있었다.

인수는 화가 났다.

민혁은 곤란한 척, 미안한 척 연기를 하고 있는 것이었다.

"김동호. 박인혜. 너네, 그동안 학원에 연애하러 다닌 거야?"

김동호는 민혁의 본명이었다.

"아니요……."

"아닙니다."

"그래. 열심히 준비했잖아. 근데, 인제 와서 같이 못 나가겠다고? 너네, 연애싸움 때문에?"

두 사람 다 대답이 없었다.

"아휴, 답답해."

원장이 고민에 잠기더니, 한참 뒤에 입을 열었다.

"너희들 말이야, '오직 노래를 위해 뭉쳤다! 우리는 남녀친구 싱어 송 라이터!' 이 콘셉트로 내보내려고 내가 얼마나 애썼는데! 지금 뭐하자는 거야?"

"죄송합니다……."

인혜가 훌쩍거렸다.

"죄송해? 뭐가 죄송해? 됐고. 둘이 도저히 같이 못 나가겠다면 난 한 명만 내보낼 거야."

인혜가 고개를 들었다.

원장이 인혜의 시선을 피하며 말을 이었다.

"동호. 네가 나가."

순간, 인혜의 두 눈에서 눈물이 주르륵 흘러내렸다.

"너 왜 울어? 그렇게 울 거면 지금이라도 맘 잡고 같이 나가면 될 거 아냐!"

인혜는 대답하지 못하고 하염없이 울고만 있을 뿐이었다.

"아, 왜 그렇게 울어? 신경질 나게! 그렇게 울 거면 같이 나가라니까?"

"아니요. 차라리 제가 그만둘게요."

결국 인혜가 울면서 자리를 박차고 뛰어나와 버렸다.

"확! 그냥."

인혜가 나가자, 원장은 비실비실 웃고 있는 동호에게 분통을 터트렸다.

"지금부터 은지랑 준비해. 시간이 좀 걱정되긴 한데, 은지도 노래를 좀 하니깐 큰 문제는 없을 거다."

"알겠슴돠. 근데, 삼촌."

"왜?"

"만약에 이 곡이 잘됐을 때, 지가 만든 거라고 소송 걸고 그러면 어떡하죠?"

"너도 같이 했잖아."

"난 별로 한 게 없는데."

"너도 했어. 나도 했고. 소송은 제까짓 게 뭘 알아서 소송이야. 근데, 너 쟤 건드렸어?"

"에이, 삼촌은 조카 프라이버시를 다 알려고 그래. 뭐, 살짝?"

"아니, 요즘 세상에 남자가 다른 여자한테 한눈 좀 팔수도 있고 그런 거지. 인혜 저것은 어차피 마인드부터가 글러 먹었어. 야, 동호야. 삼촌이 애들 가르쳐 보니까 노래 잘하게 만드는 건 몇 년 붙잡아 놓고 연습시키면 그만이야. 근데 이 스타마인드로 바꿔 줄려면 그게 얼마나 힘든지."

원장이 혀를 차며 말하고는 컴퓨터를 켜는 그때였다.

밖에서 모든 것을 훤히 꿰뚫어 보고 있던 인수의 얼굴이 무표정한 상태로 변했다.

'이 쌍놈의 새끼들……'

인수는 메모라이즈를 확인한 뒤 즉시 캐스팅에 들어갔다.

저놈의 주둥이를 꿰매 버리고 싶은 것을 겨우 참았다.

"히트스팁!"

인수는 경직 마법으로 놈의 성대를 때려 버렸다.

"힉?"

의자에서 일어서던 동호는 순간 목구멍이 벌에라도 쏘인 것처럼 따끔해서 움찔했다.

"컥컥! 왜 이러지?"

"뭐라고?"

원장은 동호가 자신의 목을 붙잡고는 당황해하자, 고개를 갸우뚱거렸다.

"너 왜 그래?"

"아, 목구멍이 갑자기. 컥, 컥!"

"뭐래는 거니?"

"삼초온?"

노래도 아니고 삼촌을 불렀을 뿐인데, 음 이탈이 발생했다.

"뭐냐 그 삑사리는?"

"아, 소리가 왜 이상하게 나오지?"

동호는 자신의 목을 붙잡고는 계속 컥컥거렸다.

마음 같아서는 동생을 건드린 저 손모가지도 분질러버리고 싶었지만 참았다.

저 상태로는 오디션 무대에 오르지 못할 것이다.

'넌 지켜보겠어.'

인수는 원장의 주둥이까지 확 비틀어 버리려다가 겨우 참고는 건물을 빠져나왔다.

아무리 싸가지 없고 자신을 개 무시하는 철부지 여동생이라지만, 열심히 준비해 온 공개 오디션을 앞두고 저런 개차반인 놈들한테 무시당하고 버림받은 상태로 울고 있는 모습을 보고 있노라니 속이 다 뒤집혔다.

다음 날, 아트만골드 원장은 인혜를 불렀다.

동호가 계속해서 음 이탈을 해대니 방법이 없었다.

인혜는 경목이라는 1년 선배와 다시 혼성 듀엣을 결성했고, 맹연습에 들어갔다.

인수는 아트만골드의 경목이라는 가수를 잘 알고 있었다.

노래 실력뿐만 아니라 인성이 참 좋고 예의가 바른 가수로 동료 가수들뿐만 아니라 많은 사람들에게 사랑을 받는 가수였다.

인수는 경목과 인혜 두 사람이 서로 잘 해낼 것이라 믿었기에, 이제는 한 발짝 떨어져서 지켜보기로 했다.

◇ ◆ ◇

계룡산 청량사.

인수가 지낼 곳을 확인한 부모님이 떨어지지 않는 발걸음을 겨우 돌려 집으로 돌아가자, 인수는 본격적으로 방으로 들어와 단전을 점검하기 시작했다.

일단은 단전을 견고하게 만드는 것이 첫 번째 목표였다.

책이 없으니, 모든 것을 기억에 의존할 수밖에 없었다.

까막눈이었던 자신을 대신해 글을 읽어 주었던 소현의 낭랑한 목소리와 그 목소리에 따라 몸을 움직이고 자세를 취하며 시작했었던 호흡.

동작을 엉성하게 취하다가 넘어지면 까르르 웃었던 청아의 얼굴까지.

'폐는 통로요, 하복부는 걸러지는 장소니. 기(氣)의 핵심은 흐름이라…….'

인수는 두 눈을 감고 소현의 목소리를 떠올리며 숨을 들이마시고 세 번에 걸쳐 천천히 내뱉었다.

까르르.

청아의 웃음소리가 들려오자, 인수의 얼굴에 웃음꽃이 피어났다.

보고 싶다…….

꼭 안고 청아의 아기냄새를 맡으며 뺨을 부비고 싶었다.

그러니 또 다시 민아가 떠올라 괴로웠다.

인수는 재빨리 소현의 목소리에 집중했다.

행복했었던 기억을 떠올리며 자세를 취한 상태로 소현의 목소리를 따라 읊조렸다.

하지만 그와 동시에 미친 마법사가 강제로 주입시켰던 마법 수식들이 산발적으로 떠올라 인수의 집중을 방해하며 깨트렸다.

내공과 서클은 어느 쪽이 먼저라고 할 것 없이 서로 반응했다.

서클이 제멋대로 회전하면, 단전의 내공은 거기에 반응하며 불안정하게 꿈틀거렸다.

단전의 내공이 불안정하면 서클도 회전속도가 제멋대로였다.

화이트존을 통제하지 못하면 바수라가 겪었던 것처럼 무서운 일이 일어난다는 사실을 잘 알고 있는 인수였다.

거기에 내공까지 뇌에 악영향을 미친다면.

펑!

그때와 똑같은 일을 겪게 될 것이리라.

그럼에도 불구하고 화이트존이 폭주할 때 시간과 공간이 뒤죽박죽으로 뒤엉키는 현상의 원인을 정확히 알아내야만 했다.

두렵다는 이유로 언제까지 피해갈 수만은 없는 노릇이었다.

"이대로는 안 되겠어."

인수는 동작을 멈추었다.

시간을 배분해야만 했다.

해가 떠 있는 밝은 시간에는 소현만 생각하며 내공에 집중했고, 밤이 되어 어두워지면 그 마법 수식들을 하나씩 꺼내어 조심스럽게 캐스팅을 시도한 뒤 성공하면 다시 입력시켰다.

밤은 인수를 괴롭혔다.

라스넬과 사면공자의 목소리는 더욱 더 선명하게 들려왔고 뇌에 충격을 일으켰다.

그때마다 인수는 행복했던 시간들을 떠올렸다.

단전을 견고하게 만드는 것도 중요했지만, 직경 3미터에 이르는 화이트존을 확장시키는 것도 중요했다.

처음 일주일은 힘들었지만, 점점 시간이 지날수록 사랑했던 사람들이 인수에게 힘을 실어 주는 것만 같았다.

세영과 민아도, 가난한 농부였던 부모님들도, 소현도, 청아도 그리고 세르벳도.

행복하라고, 넌 앞으로 네가 원하는 대로 많은 것을 바꿀 수 있고 또 얻을 수 있다고 말하고 있는 것만 같았다.

2주차가 되었을 때 아랫배가 항아리가 된 것처럼 단전이 단단하게 자리 잡혔다.

한 줌의 내공도 더욱 더 선명하게 느껴졌다.

인수가 자세를 거두었을 때 시력이 더 좋아졌고, 몸이 가벼웠다.

무엇보다 정신이 확연하게 맑아진 것을 알 수 있었다.

인수는 밖으로 나갔다.

숲속으로 들어가 적당한 공간을 발견하고는 마음껏 동작을 취해 보니, 자연스럽게 초식과 연결되었다.

바위와 나무를 상대로 계속되는 반복 훈련.

펼쳐지는 초식은 더욱 더 정교했고 빨라졌다.

이 정도면 짧은 시간에 훌륭한 성과였다.

젊은 몸이 좋긴 좋았다.

인수는 씩하고 웃다가, 갑자기 곤란한 표정을 지었다.

"젠장."

전생의 경험과는 달리, 단전의 내공이 급속도로 빠져나가고 있는 것을 느꼈기 때문이었다.

특히 적타광구의 초식을 펼치자, 순식간에 내공이 고갈 상태에 이르렀다.

임독맥을 타통시키는 방법에 대해서는 전혀 모르니, 계속 호흡해서 쌓지 않고 사용만 한다면 단전의 내공은 고갈되기 마련이었다.

하지만 너무 빠른 속도로 고갈되었다.

"몸이 성장 중이라서 그런가?"

인수는 이해할 수가 없었다.

밤이 되었다.

인수는 돌아가야 할 시간이 임박해 오자, 쉬지 않고 방 안에서 자세를 취하며 호흡했다.

호흡을 통해 보다 더 견고해진 단전의 크기를 조금씩

늘려가는 것과 동시에 화이트존을 확장시키는 데 집중했다.

하지만 세르벳의 얼굴이 떠올랐고, 또 그 미친 마법사의 목소리가 떠올라 괴로웠다.

쩌엉!

뇌에 충격이 가해져 왔지만 이제 인수는 버텨 낼 수 있었다.

"후우!"

아직은 불안한 심리상태로 인해 하이클래스의 마법 사용은 자제하는 것이 현명했다.

다행히도 이미 캐스팅을 해 둔 마법을 꺼내어 사용할 때에는 내공에 영향을 주지 않았다.

그렇게 내공의 안정으로 서클이 안정적이니, 화이트존도 안정되어 폭주할 염려는 없었다.

인수는 이제 남은 시간을 학습지와 기출문제집을 비롯한 암기과목에 해당하는 교과서와 참고서까지 모두 입력시키는 데 사용했다.

그래도 시간이 조금 남았다.

인수는 이제 수학 문제에 본격적으로 손을 대 보았다.

당시에는 난해함으로 인해 전혀 손도 대지 못했던 수학 문제들이 술술 풀렸다.

참으로 신나는 일이었다.

제3장 응징

트리니티 레볼루션
Trinity
Revolution

제3장 응징

교문을 통과해 교실로 향하자 모든 기억이 새록새록 피어났다.

교실도 어디인지 확실히 기억났다. 설레였다.

개학하기 며칠 전부터, 전화가 몇 통 걸려 왔다.

인수는 누가 왜 전화를 했는지 잘 알고 있었지만 일부러 받지 않았다.

김무열과 그 패거리들로 인해 고립당하고 맞을 때, 참다 못해 나서서 말리다가 함께 맞았던 깡다구 있던 석태.

모두가 등을 돌렸을 때 반지하방을 찾아와 준 의리 깊은 지석.

이 두 사람을 빨리 보고 싶은 마음에 문을 열었다.

상기된 기분으로 문을 열자 아이들이 한눈에 들어왔다.

고개를 들어 인수와 눈을 마주치고는 "어이!" 하며 반갑게 맞아 주는 녀석도 있었고, 누가 들어오든 말든 공부만 하는 녀석들도 있었다.

특히 경석이.

"반갑네. 방학 잘들 보냈어?"

인수는 눈을 마주친 친구들을 둘러보며 말했다.

석태와 지석부터 찾았다. 뒤통수가 보였다.

저 자식들 뭔가 삐져서 일부러 고개를 돌리지 않고 있는 것이 틀림없으리라.

"응. 너 전화했는데 안 받더라?"

한 녀석이 물었다.

이름보다 별명이 먼저 떠올랐다.

약물. 생긴 게 약에 찌든 것처럼 생겼다고 해서 영호에게 어지간히 놀림을 당했던 녀석이었다.

"아, 그랬어? 미안. 진짜 몰랐네."

"도대체 뭐가 그렇게 바빴냐! 연애질?"

지석이 몸을 휙 돌리며 물었다.

얼굴을 본 순간 너무나도 반가웠다.

"하하. 연애는 무슨. 뭐 우리 사는 게 그렇잖아? 공부하느라 바빴다. 공부. 이놈의 공부. 인생이 이렇게 팍팍해서야 쓰겠어? 맘에 여유가 있어야지 말이야."

트리니티 레볼루션
Trinity
Revolution 1

"뭐냐."

석태였다.

석태는 군인처럼 머리를 짧게 깎은 상태였다.

인수의 아저씨 같은 말투에 석태도 뒤돌아 인수를 위아래로 훑어보며 인상을 찌푸렸다.

"뭐긴. 너야말로 머리가 그게 뭐냐?"

"내 머리가 뭐? 남자답잖아. 멋있잖아. 죽이잖아."

"아, 그래."

인수는 자연스럽게 자신의 자리를 찾아 앉았다.

모든 것이 새삼스러웠지만, 친구들을 다시 보니 참으로 반가웠다.

그때 석태가 조심스럽게 옆으로 다가와 귓속말을 전했다.

"그 새끼 이따가 오면 또 지랄할 거야. 너 전화 안 받는다고 나한테도 염병을 다 하더라고."

영호를 말하는 것이다.

인수는 알았다며 고개를 끄덕여 주었다.

자리에 앉은 인수는 서랍 속 노트를 발견하고는 무심코 펼쳐 보다가, 자신이 써 둔 글씨를 보았다.

-이 개새끼들을 칼로 다 찔러 죽여 버리고 나도 죽을까?-

'아서라. 내가 왜 죽냐? 어이구, 증거는 또 이렇게 착실하게 남겨 두셨어?

메모를 남기던 당시 기억이 떠올랐다.

'다시.'

순간 김무열의 목소리가 귓가에 맴도는 듯했다.

영호의 뒤를 봐주는 선배 김무열에게 꺾인 뒤로, 영호에게 얻어맞을 때 반항기라도 보이는 날이면 어김없이 김무열에게 다시 맞았다.

그래서 티 나지 않게 이를 악물고 진심으로 꺾인 것처럼 눈을 내리깔고 얻어맞아야만 했다.

그 비굴했었던 기억과 함께 그 뒤로 지속적인 괴롭힘을 당했던 기억들이 떠오르자, 인수는 노트를 부아악 찢어 구긴 뒤 입안에 넣고는 질겅질겅 씹어 삼켰다.

순간 병원까지 쫓아와 돈을 빼앗아간 영호가 생각났다.

세영의 비명 소리까지.

'진짜 완전범죄로 묻어 버려?'

그때 뒷문이 확 열리며 영호가 들어왔다.

"인수야아. 인수야아아아!"

영호의 자리는 인수의 뒷자리였다.

인수가 뒤돌아보니, 영호가 얼굴을 들이밀며 씩 웃었다.

"우리 형사님."

영호가 형사님이라고 놀리며 웃자, 인수도 씩 웃었다.

하지만 속으로는 어떻게 하면 이 새끼를 완전범죄로 묻어 버릴 수가 있을까 고민하며 분노를 삭이는 인수였다.

이런 사회악은 앞으로 자신 말고도 또 다른 사람에게 폐를 끼칠 것이니.

그리고 영호의 양쪽에 서서 인상을 확 찌푸리고 있는 똘마니 두 놈도 문제였다.

태환이와 현석이.

이놈들은 영호에게 꼼짝을 못했다.

진짜 덩치가 아까울 정도로 한심하기 짝이 없는 놈들이었다.

강자에게는 비굴하고, 약자에게는 잔인한 놈들.

이런 놈들이 더 문제였다.

"인수야아아, 아니, 박 형사님. 보고 싶어 죽는 줄 알았잖아. 문자를 그렇게 보냈는데 잠수를 타 버리면 나는 어떡하냐?"

영호가 씩 웃으며 말했다.

보자마자 확인에 들어가며, 슬슬 시비를 걸고 있는 것이었다.

"너 진짜 너무한 거 아니냐? 뭐라 말을 좀 해 봐. 그 입은 뭐 폼으로 달고 다녀?"

언제나 이런 식이었다.

뭔가 계획적이라기보다는 그냥 영호라는 놈의 본능이자 충동이었다.

항상 이런 식으로 주변 사람들을 도발했고, 거기에 꺾이는 애들은 뒤통수를 탁탁 때리며 더 이상 건드리지 않았다.

하지만 인수는 예외였다.

그리고 그런 꺾이지 않는 인수의 태도가 영호를 더욱 집착하게 만들었다.

"영호야."

"어."

"우리 친구할까?"

영호가 멍한 표정으로 두 눈을 깜박거렸다.

아이들도 뒤를 돌아보았다.

"뭔 소리를 이렇게 섭하게 할까? 우리 친구 아니었어?"

"아니었지. 너랑 나랑 무슨 친구야. 친구란 서로 대등한 사인데. 지금 너랑 내가 대등하다고 생각하는 거야?"

영호는 할 말을 잃은 채 인수를 노려만 보았다.

그러다가 한숨을 내뱉는 것처럼 겨우 입을 열었다.

"너 뭐하자는 거냐?"

영호는 순간 아이들의 시선을 의식하고는 벌떡 일어섰다.

"이 씨발 놈들아 뭘 봐? 고개 안 돌려?"

아이들은 잽싸게 고개를 돌렸다.

그때 인수는 볼펜을 움켜쥔 석태의 손에 힘이 꾹 들어가는 소리를 들었다.

귀도 참 밝아졌다.

"말해 봐. 너 지금 나랑 뭐하자는 거야?"

"아니, 이제부터 친구하자는데 우리 영호 왜 이럴까?"

인수가 웃으며 노려보자, 영호는 한참을 맞서다가 슬쩍 시선을 피하며 반장을 불렀다.

"야, 반장!"

앞에서 반장 창훈이 깜짝 놀라 머리를 곧추세워 반응하는 것과 동시에 벌떡 일어났다.

"담탱이 오나 봐."

반장은 고개를 끄덕이더니 문 앞으로 가서 복도를 주시했다.

"영호. 왜 그래 영호?"

그때 윤철이라는 녀석이 분위기를 파악 못하고 나섰다.

능글맞았다.

'저 녀석.'

인수는 윤철이가 생각났다. 별로 친하지 않았다.

좀 이상한, 아니 진짜 이상한 놈.

이것이 인수가 기억하는 윤철이었다.

영호의 옆으로 오고 있는 윤철은 뒤도 돌아보지 못하고 있는 아이들에게 '너희들과는 달리 이 교실에서 내 위치는 이 정도야.' 라고 말하고 있는 것이었다.

퍼어억.

"꺼져 이 씨발 놈아. 내 이름 부르지 마."

순식간에 영호에게 발로 가슴을 얻어맞고는 뒤로 벌러덩 넘어진 윤철은 조용히 일어나 자기 자리로 돌아가 앉았다.

왜 저럴까? 또 개기지도 못할 거면서.

"하여튼, 난 저 새끼가 제일 싫어."

영호는 이제 인수를 내려다보았다.

"무열이 형이 너도 이제 우리 식구로 받아 준다고 했어, 안 했어?"

"거긴 내가 싫은 걸 어떡하니."

"아 그러셨어? 그래서 내 문자 씹었어? 일어나."

영호가 팔을 걷어붙이며 인수에게 명령했다.

김무열이라는 이름을 언급했으니, 인수가 충분히 겁먹었을 것이라 믿었다.

하지만 영호는 이미 호흡이 거칠어진 상태였다.

"영호야. 이제부터 우리 친구하자. 넌 왜 내 진심을 몰라 주니?"

인수는 웃으며 서클을 돌려 화이트존을 생성시켰다.

화이트존이 완성되자, 그 안에 있는 영호의 모든 것이 통제 가능해졌다.

'심장을 쥐어짜 버릴까? 아니면 척추를 부숴 버릴까?

이런 생각을 하고 있는 그때, 영호는 자신의 처지도 모른 채 아이들의 뒤통수를 보았다.

방학 전에 한 놈을 교실에서 몇 대 친 걸 가지고, 어떤 놈이 담임에게 찔러서 귀찮았었다.

어쩌면 윤철이? 아니면 석태?

영호는 윤철이와 석태의 뒤통수를 번갈아 노려보다가 인수에게 말했다.

"와. 너 사람 진짜 잘 갖고 논다? 내가 미쳤지. 내가 미친 놈이지. 이런 놈을 식구로 받아 달라고 그렇게 사정했으니. 야, 여기서 이러지 말고, 화장실로 가자."

그때 윤철과 석태를 비롯한 몇 명의 아이들이 또 뒤를 돌아보았다.

"뭘 봐! 이 씨발 것들아! 고개 안 돌려? 화장실 따라오는 새끼는 평생 괴롭혀 줄 테니까, 뭐 본 것도 없으면서 설치지 마라."

영호는 아이들의 뒤통수에 대놓고는 으름장을 놓았다.

그때 인수가 먼저 교실을 빠져나가며 말했다.

"무열이 불러."

영호의 두 눈이 동그래졌다.

자신의 귀를 의심했다.

석태와 지석 그리고 교실의 아이들도 모두 놀라서 뒤를 돌아보았다.

화장실.

태환이가 쪼르르 오줌을 싸고, 현석이는 망을 보았다.

"미친 모양이지?"

"그러게."

"어, 무열이형 온다."

태환이가 급히 오줌발을 수습했고, 현석이가 옆에 나란히 서서 90도로 인사했다.

잠깐 와 보셔야 할 거 같다는 영호의 전화를 받은 김무열이 잔뜩 짜증이 섞인 표정으로 온 것이다.

"아침부터 씨부랄."

장래희망을 조폭이라고 작성한 녀석이다.

학교 밖의 건달들인 남선파의 행동대원들과도 친하게 지내는 김무열은 외모만 보면 그 덩치나 인상에 있어서 이미 조폭이나 다름없었다.

"아, 오줌 마려."

김무열은 소변기에 몸을 쫙 밀착시키며 지퍼를 내렸다.

덩치에 비해 물건이 작은 콤플렉스가 있어서, 항상 이런 식으로 소변을 보았다.

인수가 그 옆에서 지퍼를 내리자, 김무열이 힐끔 쳐다보았다.

그때 인수가 서클을 회전시키자 화이트존이 생성되었다.

"일루전."

영호에게만 환상 마법을 걸기 위해 속삭이듯 주문을 외우자 김무열이 '뭐라는 거야?' 하는 표정으로 인수를 보며 고개를 갸우뚱거렸다.

그때였다.

"형. 이 새끼는 도저히 안 되겠어요. 형 말대로 좀 친하게 지내려고 했는데요, 또 기어오르네요."

"응?"

김무열이 몸을 부르르 떨며 뒤를 돌아보았다.

한데 영호가 자신에게 말하는 것이 아니라, 띠용 하며 두 눈이 사시가 된 상태로 인수의 뒤통수에 대고 말하고 있는 것이 아닌가.

"너 지금 누구한테 형이라고 말하냐? 눈구녁은 또 왜 그래?"

"뭐 인마? 눈구녁? 너 오늘 진짜 뒈지고 싶냐?"

"헐…… 이 병신이 미쳤나."

김무열이 어이가 없어서 말하는 그때 인수도 몸을 한 번 부르르 떨고는 지퍼를 채운 뒤 돌아섰다.

"영호. 아침부터 이게 뭐냐? 형이 언제까지 뒤를 봐줄까? 너 이 새끼 진짜 못 이겨?"

인수는 턱으로 김무열을 가리켰다.

김무열의 두 눈이 동그래졌다.

타악!

그것도 모자라 인수가 영호의 뒤통수를 한 대 탁 때리자, 사팔뜨기가 된 영호는 비장한 표정을 지었다.

이게 지금 무슨 시추에이션이지?

김무열은 이제 동그래진 두 눈을 깜박거렸다.

영호가 자신을 향해 두 주먹을 불끈 쥐고는 곧 덤빌 것처럼 씩씩거리고 있기 때문이었다.

두 눈은 가운데로 몰려가지고…….

지금 마법에 걸린 영호에게는 두 사람이 서로 반대로 보이고 있는 것이었다.

"형! 이런 새끼는 껨이야!"

영호는 김무열을 노려보며 소리쳤다.

"얌마! 영호! 너 왜 이래?"

무열이 소리쳤다. 하지만 영호에게는 인수가 소리치고 있는 것으로 보였다.

"왜 이래? 인제 와서 그걸 말이라고 하냐, 이 븅신아? 쫄리냐? 응? 쫄리냐고 이 씨발아?"

"이 새끼 진짜 돌았네?"

김무열이 손가락을 자신의 귀에 대고 뱅뱅 돌렸다.

그 모습이 영호를 더욱 더 발끈하게 만들었다.

인수가 지금 자신을 하찮은 놈으로 취급하고 있는 것도 모자라, 미친놈 취급하고 있기 때문이었다.

바로 그때, 영호의 앞으로 교실의 아이들이 우르르 모여들었다. 영호는 아이들에게 포위를 당했다.

실제가 아닌, 영호의 눈에만 보이는 환영이었다.

"뭐야? 누가 따라오랬어! 다들 안 꺼져?"

하지만 아이들은 영호에게 일제히 가운데 손가락을 세우기 시작했다.

"비겁한 놈!"

"이거나 처먹어라!"

"너 따위 다이다이 붙으면 나도 안 져!"

"인수한테 절대 못 이기면서 무열 선배 믿고 깝치는 거 보면 정말 꼴불견이다!"

"저딴 새끼랑 같은 교실에서 공부해야 한다니!"

"전라도 해남 같은 데로 강전이나 가 버려라!"

꺼져 버려! 꺼져 버려!

"이것들이 뭐라고 지껄이는 거야? 해남이 어때서! 야 이 씨발 새끼들아! 니들이 해남에서 살아 봤어? 다들 죽고 싶냐? 안 꺼져?"

"이런 븅신을 다 봤나! 오냐 내 고향이 해남이다!"

참다못한 김무열이 영호의 귀싸대기를 올려붙였다.

쫘아악.

고개가 획 돌아간 영호.

"킥킥. 킥킥킥킥."

영호는 킥킥거리며 웃기 시작했다.

김무열은 그 웃음이 섬뜩하게 느껴졌다.

아이들을 상대로 문제를 일으킬 때마다, 영호는 폭력적인 아버지에게 죽도록 얻어맞았다.

그것은 올바른 교육과 훈육을 위한 것이라지만, 제2의

폭력으로 이어졌다.

학폭위(학교폭력대책자치위원회)가 열리면 영호는 가해자로 엄마와 동석해야만 했고, 당장 그 위기를 넘기기 위해 무조건 무릎을 꿇고 빌었다.

시라소니라 불리는 학생주임은 영호에게 이미 낙인을 찍고 협박했다.

'너 진짜 한 번만 더 사고 치면 강제전학 판정 나온다. 학교가 아무리 막아도 학부모들이 더 난리여서 막을 수가 없단 말이야! 강전이 결정되면 뭐 이 근방 학교로 나올 거 같아? 도시권의 학교들도 너 같은 문제아 거부하니까 저기 해남의 외딴 곳으로 갈 수밖에 없어. 너 부모님이랑 해남 가서 살고 싶어?'

'죄송합니다. 다시는 그런 일 없도록 하겠습니다.'

죄송합니다. 잘못했습니다.

그것이 순간 분노를 억누르지 못해 사고를 친 영호가 할 수 있는 최선의 방법이었다.

하지만 그럴수록 자존심은 상처를 받았다.

분명 자신도 억울한 부분이 있었지만, 말을 해 봐야 집에 돌아오면 어김없이 아버지의 구타로 이어졌다.

영호의 엄마는 아들이 맞아 죽을까 봐, 울며 말렸다.

부모 마음은 다들 똑같다.

때리는 아버지나 울며 말리는 엄마나, 속이 뒤집어지는

것은 마찬가지인 것이다.

죄송합니다. 잘못했습니다. 다시는 이런 일 없도록 하겠습니다.

영호는 눈물을 쥐어짰고, 뉘우치는 모습을 보였다.

영호의 엄마 역시 학교를 찾아오면 자식을 잘못 키워 죄송하다며 일단 위기를 넘기는 방식 또한 영호와 같은 패턴이었다.

자신들이 할 수 있는 최선의 최선이 어디까지인지를 부모조차도 모르기 때문이다.

그렇게 모든 부모는 시행착오를 겪는다.

가해자든 피해자든, 학교에서 폭력과 관련된 대책회의가 열리면 양쪽 다 상처를 받는 건 마찬가지였다.

영호가 선생님과 부모님에게 용서를 구할수록 자존심의 상처는 분노를 자아냈고, 분노는 또 다른 분노의 씨앗이 되어 계속되는 학교폭력으로 이어졌다.

이미 집에서든, 학교에서든 문제아로 낙인찍힌 영호였다.

그리고 그 가정폭력의 피해자인 영호는 인수처럼 저항하는 아이들과 부딪치면 과거의 잘못은 새카맣게 잊고 그 가슴 속의 분노로 인해 될 대로 되라는 식으로 또 사고를 치는 악순환을 반복해 왔다.

화이트존 안에서 영호의 감정을 고스란히 읽어 낸 인수는 그것을 컨트롤해 수면 위로 끌어 올렸다.

"씨발! 내가 뭘 그렇게 잘못했어! 내가 뭘 그렇게 잘못했냐고! 필요 없어! 그래 아주 오늘 씨발 좆도 다 죽여 버릴 거야!"

영호가 김무열에게 달려들며 주먹을 휘둘렀다.

빠악.

주먹이 얼떨결에 안면에 들어가고 말았다.

그러자 고개가 살짝 돌아간 김무열이 어이가 없다는 표정으로 영호를 내려다보았다.

태환이와 현석이는 숨이 다 멎을 것만 같았다.

김무열의 얼굴을 보니, 무시무시한 표정이었다.

김무열은 고개를 좌우로 젖히며 몸을 풀었다.

"넌 오늘 제삿날이다."

김무열의 우악스러운 주먹이 마구잡이로 달려오는 영호의 안면에 정면으로 박혔다.

빠아악. 뿌지직.

앞니가 두 개 부러지며 하나는 밖으로 튀어나갔고, 하나는 안으로 들어가 목구멍에 걸렸다.

"컥! 컥!"

영호가 컥컥거렸지만, 목구멍에 딱 걸린 앞니는 꼼짝도 하지 않았다.

줄줄 흐르는 피와 침을 뱉어 내는 과정에서 호흡이 딸려 한 번 삼키고 말았다.

그때 목구멍에 걸린 앞니가 식도를 타고 내려갔다.

딱딱한 것이 식도를 슥 하며 긁어내리더니 위속으로 들어와 자리를 잡았다.

이미 영호는 이성을 잃었다.

"어허 영호야. 잘 좀 싸워 봐. 너 이번이 마지막이다. 형이 더 이상 뒤를 봐주는 것도 우스워. 봐, 친구들이 비웃고 있잖아."

인수가 옆에서 또 비웃으며 말하자, 김무열은 몹시 당황스러웠다.

지금 이게 무슨 상황이지?

"안 져! 씨발! 안 진다고!"

영호가 두 주먹을 불끈 쥐고는 다시 김무열에게 덤벼들었다.

"하, 이 미친 새끼. 어떻게 좀 해 봐."

김무열은 아이고 두야 하는 표정으로 뒷걸음을 치고 말았다.

그러자 뒤에 서 있던 김무열의 친구들이 나서서 영호를 마구 때리고 짓밟기 시작했다.

"아 씨발! 형들은 왜 나를 때리는 거야!"

"이 미친놈아! 니가 지금 맞을 짓거리를 하고 있잖아!"

"뭔 소리야?"

"시끄러! 뒈져 버려라 이 븅신 새끼야!"

영호는 죽도록 얻어맞다가, 의식을 잃고 바닥에 쓰러져
서야 잠잠해졌다.

"아 저 씨발 시라소니."

그리고 그때 학생주임과 선생들이 놀라서 달려왔다.

김무열이 학생주임을 보며 혼자 중얼거렸다.

◇ ◆ ◇

인수가 교실로 돌아오자, 아이들의 반응은 제각각이었
다.

웅성거리며 힐끔힐끔 쳐다보는 아이들. 이해할 수 없다
는 표정을 짓는 아이들. 뭔가 신기하다는 눈으로 대놓고 쳐
다보는 녀석들까지.

왜 그놈들이 서로 싸운 거지?

영호는 도대체 무슨 생각으로 그런 거지?

아이들은 도무지 이해할 수가 없었다.

그때 윤철이 건들거리며 인수에게 다가왔다.

'하, 이 새끼……'

정윤철은 속을 알 수가 없는 놈이었다.

햄버거와 피자 그리고 콜라까지, 딱 게임중독자를 떠올
리게 만드는 윤철은 뭘 무서워하는 것 같지는 않는데, 막상
영호가 때리면 바로 꼬리를 내리기 일쑤였다.

조용할 때는 없는 녀석처럼 존재감이 약했지만, 나설 때는 또 분위기 파악 못하고 깐족거렸고, 어디든 끼는 스타일로 모두가 싫어하는 희한한 성격의 소유자였다.

영호가 지금 저렇게 된 어이없는 상황에서 윤철이는 자신이 으스대며 뭐라도 해야 한다고 생각하고 있는 것이었다.

"와, 세상에 어떻게 이런 일이 있을 수가 있지? 인수야! 영호가 무열이형한테 왜 그랬을까?"

"그걸 내가 어떻게 알겠냐. 니들 말대로 미친 모양이지."

인수가 자리에 앉는 그때, 퍼뜩 떠오르는 뉴스 장면이 하나 있었다.

2015년 7월 13일.

국가정보기관의 자료를 털어 세상을 떠들썩하게 만들었던 한 해커가 검거되는 장면이었다.

닉네임은 〈JYJ〉.

인수는 후드모자에 고개를 푹 숙이고 있었던 그 해커가 혹시 윤철이 아닐까 하는 생각을 했다.

그러고 보니, 윤철은 컴퓨터에 굉장히 해박한 지식을 가지고 있었다. 그래도 설마.

화이트존으로 확인을 해 볼까 하는 그때, 인수의 전화기가 진동하며 울렸다.

김무열의 문자였다.

-야 박인수. 너 나 좀 보자. 나 지금 니들 땜에 완전 빡 돌았거든? 수업 끝나면 욕탕으로 튀어나와라. 안 오기만 해봐. 일주일에 한 번씩 니네 집에 똥물 뿌리다가 확 불 질러버릴 거니까.-

"나한테 뭘 따지고 싶은 걸까? 근데, 안 가면 진짜 똥물 뿌리고 불 지를 기세네."

자리에 앉은 인수는 문자를 보고는 혀를 찼다.

욕탕은 김무열의 아지트였다.

망한 채로 방치되고 있는 목욕탕 건물로, 김무열과 영호를 포함한 비행 청소년들이 어울려 노는 곳이었다.

인수는 수학 문제집을 풀었다.

지금은 공부를 해야 할 시간이었다.

머리가 팍팍 돌아가는 게 문제가 생각보다 훨씬 더 잘 풀렸다.

◇ ◆ ◇

폐허가 된 채로 방치되어 있는 목욕탕 건물.

반쪽 문이 날아가고 없는 출입문을 통과해 실내로 들어서자, 남탕 입구가 보였다.

여탕 입구를 알리는 왼쪽 표지판을 무심코 본 순간 인수는 이맛살을 찌푸렸다.

"하는 짓 하고는."

누군가가 매직으로 적나라한 낙서를 그려 놓고는 누구의 물건이라며 친절하게 설명까지 덧붙여 놓았던 것이다.

인수는 고개를 돌려 다시 남탕 입구를 보았다.

그 안에서부터 아이들이 웃고 떠드는 소리가 들려오고 있었다.

화이트존을 생성시키자 실내의 모든 것이 통제 가능해졌다.

"이미지네이션."

인수의 입에서 주문이 흘러나왔다.

영호 한 사람을 바보로 만들기 위해서는 그 개인에게만 환영 마법을 심으면 되었지만, 지금 이 판은 달랐다.

이곳에서 일어난 일을 영호가 저지른 짓으로 만들기 위해서는 이미지네이션으로 자신을 감추고 영호로 둔갑시켜야 했다.

남자애들 7명과 계집애들 3명이 웃고 떠들다가, 갑자기 뚝 멈추었다.

김무열이 안으로 들어온 영호를 발견하고는 몸을 벌떡 일으켰기 때문이었다.

김무열은 야구방망이를 들고 있었다.

"형, 안녕?"

인수가 김무열을 향해 활짝 웃었다.

반갑게 손을 흔들자, 김무열과 옆에 있는 똘마니들이 어이없다는 표정을 지었다.

"저 새끼 병원에 입원했다지 않았어?"

"저거, 저거…… 진짜 미친 모양이지?"

김무열은 황당해서 힘이 다 쭉 빠졌다.

태환과 현석도 너무 놀라서 한마디씩 했다.

"영호야… 너 진짜 왜 이래……."

태환은 곧 울 것만 같았다.

"영호야, 너 계속 이러면 진짜 죽어!"

인수는 씩 웃고 말았다.

"웃어? 완전히 맛이 갔구나."

인수의 웃음을 보고 김무열이 말했다.

영호로 변한 인수는 발에 걸리는 물건들을 발로 차며 김무열의 앞으로 걸어갔다.

"불쌍한 청춘들아, 왜 이렇게 인생을 낭비하며 사냐. 내 속이 다 상하네."

인수는 말하며 옆을 보았다.

껌을 질겅질겅 씹어 대고 있는 여자애들로 인해 독한 향수 냄새가 훅 하고 날아왔다.

그 여자애들의 대표로 보이는 3반 서유정이 인수를 향해 자신의 얼굴을 들이밀었다.

후우우.

진한 화장품 냄새가 인수의 얼굴을 휘감았다.

개인적으로 이런 애는 진짜 질색이었다. 눈동자가 파랗게 보이는 렌즈를 착용한 데다가, 눈가에 파 넣듯이 발라 놓은 검은 선으로 인해 사나운 눈만 보였다.

학교에서도 한번 미쳐서 발광하면, 아무런 죄도 없는 여학생을 거의 죽음까지 몰아붙일 정도로 끌고 다니며 때리고 괴롭혔다.

이것들이 과연 학생일까?

아니었다. 이것들은 학생의 탈을 쓴 괴물일 뿐이었다.

"니들은 나가라."

이 판에 끼게 하는 것조차도 싫었고, 꼴 보기조차도 싫은 것들이었다.

하지만 서유정은 풋! 하고 비웃으며 인수의 말을 무시했다.

서유정 역시 인수가 영호로 보였다.

삐딱하게 짝다리를 짚은 서유정이 팔짱을 낀 채로 인수를 노려보고 있었는데, 그 팔짱으로 인해 빈약한 가슴이 겨우 모아진 상태였다.

왠지 이 지독한 향수 냄새가 저 빈약한 가슴에서 뿜어져 나오는 것만 같았다.

마치 가슴에 향수를 통째로 들이부은 것처럼.

"네가 뭔데 나가라 마라야?"

서유정이 질경질경 씹던 껌을 퉤 하며 인수의 발밑으로 뱉었다.

"그런데 우리 영호한테 이런 면이 있는 줄은 몰랐네?"

서유정이 김무열을 눈으로 가리키며 내뱉자, 여자애들이 킥킥거렸다.

"입 안 다물어!"

김무열이 뒤틀린 얼굴로 욕을 내뱉었다.

인수가 씩 웃었다.

그러자 서유정도 씩 웃으며 말했다.

"쪼개기는."

인수는 여전히 웃었다.

"왜? 누나가 한 번……."

쫘아악.

순간, 서유정의 고개가 휙 돌아가며 발라당 나자빠졌다.

순식간에 일어난 일이었다.

치마를 얼마나 짧게 줄였는지, 넘어질 때 다리가 벌어지며 치마 옆단이 북 뜯어졌다.

그렇지 않아도 거북했던 인수는 고개를 휙 돌려 버렸다.

지지직, 지직.

순간 모니터 화면이 깨진 것처럼 영호의 얼굴이 흐트러지는 순간, 서유정의 시야에 인수의 얼굴이 보였다.

"헐."

"……."

질겅질겅 껌 씹는 소리들이 딱 멈추었다.

그 어떤 남자애도 유정을 이렇게 하지 못했다.

그러니 서유정의 옆에 있던 계집애들이 멍하니 선 채로 자빠져 있는 유정을 내려다보았다.

"이게 뭔 일이래?"

"영호, 이 미친 새끼가! 누구한테 감히!"

뚱뚱하고 더럽게 못생긴 계집애가 가방을 막 뒤지더니, 금빛이 반짝거리는 하이힐을 꺼내 들고는 인수의 이마를 찍을 것처럼 달려들었다.

쫘아악.

경쾌한 소리와 함께 그 계집애도 유정의 옆으로 벌러덩 쓰러졌다.

하이힐이 바닥에 떨어져 옆으로 누웠다.

인수는 계집애들을 무시하고 김무열을 보았다.

"김무열. 이리 와."

인수가 손가락을 까딱거리며 말하자, 김무열의 두 눈이 분노로 떨렸다.

하지만 분노보다 도무지 이 상황을 받아들이기 어려워 혼란스러워 했다.

도대체 영호 저놈에게 무슨 일이 있었기에 이렇게 돌변했는지 그것이 신기할 따름이었다.

"김무열 이리 와?"

김무열이 어이없다는 표정으로 말했다.

야구방망이를 잡고 있는 손에 힘이 꾹 들어갔다.

그러자 인수가 씩 웃으며 말했다.

"네가 와서 맞으면 똥오줌은 가리게 해 줄게."

반대로 인수가 직접 가서 때리면 똥오줌도 못 가리게 만들어 준다는 말이었다.

사실 지금 인수는 웃고 있지만, 영호를 건드렸다는 이유로 김무열에게 꺾일 때까지 얻어맞았던 기억을 떠올리며 피가 거꾸로 솟구치는 중이었다.

당시 김무열은 인수의 머리칼을 움켜쥔 채로 계속해서 뺨을 때렸다.

그렇게 때리고는 눈을 들여다보며 말했었다.

'이 새끼 눈빛 봐라? 더 맞아야겠네.'

결국 인수의 눈빛이 꺾이자 김무열은 말했었다.

'앞으로 영호가 때리면 무조건 맞는다. 알았어?'

그때 인수는 피를 삼키며 영호를 올려다보았었다.

자신을 내려다보는 영호의 눈은 비열하기 짝이 없었다.

"내가 진짜 많이 봐주는 거다."

인수가 분노를 조절하기 위해 애써 웃으며 말했다.

"……."

그런 줄도 모르는 김무열은 할 말을 잃고 말았다.

막 피곤해졌다.

"하!"

지금 저놈 눈에는 자신을 포함한 일곱 명이 보이지 않는 건가?

저 새끼 진짜 왜 이러지?

정말 믿을 수가 없었다.

도저히 받아들일 수가 없어서 한숨만 터트리던 김무열이 야구방망이를 세워 잡고는 돌진해 왔다.

"죽인다!"

슈육, 빠각.

하지만 인수의 발등이 반원의 궤적을 그리며 올라와 야구방망이를 찼고, 눈 깜짝할 사이에 야구방망이는 부러져서 날아가 버렸다.

손잡이만 남은 야구방망이를 들고 있는 김무열은 넋을 잃은 표정으로 두 눈만 깜박거렸다.

"기다려."

인수가 김무열을 무시하고는 앞으로 나아갔다.

순간 뭔가 잘못되어 간다는 것을 눈치 챘는지, 똘마니들 4명이 동시에 튀어나왔다.

태환과 현석은 나서지 못하고 멍하니 서 있을 뿐.

타앙.

인수가 발을 박차고 나가며 상체를 낮춘 순간, 제일 먼저 튀어나온 놈의 주먹이 인수의 머리카락을 스쳤다.

놈의 품 안으로 뛰어든 인수.

낮추었던 상체가 세워지는 순간, 인수의 손바닥이 올라와 놈의 턱을 올려쳤다.

덜컥.

걸렸다.

놈의 머리가 뒤로 젖혀지는 것도 모자라, 등이 포물선을 그리며 허공으로 붕 떠올랐다.

이제 세 놈.

공중으로 붕 떠오른 놈의 등이 미처 바닥에 떨어지기도 전이었다.

쫘아악.

세 놈 중 한 놈이 인수의 쫙 핀 손바닥에 눈을 얻어맞고는 눈을 뜨지 못한 채로 비틀거리며 뒷걸음질을 치고 있었는데, 마치 물에 빠진 것처럼 양손을 허공에 허우적거렸다.

판장타안(板掌打眼).

인수는 그런 녀석을 여유 있게 따라가며 오른손을 위로 번쩍 들어 올렸다.

그 손이 허공에서 쫙 펴졌다가, 아주 살짝 쥐어진 순간.

장근(掌根)에 내공이 실렸다.

적타광구(藉打狂狗).

'후배는 사용에 주의하라.'

미친개를 때려잡고 짓밟는 적타광구의 초식이 순식간에 펼쳐졌다.

빠아악. 빠아악. 빠아악. 빠아악. 빠아악. 빠아악.

모두가 경악했다.

인수의 뒤를 노리며 따라오던 두 놈도 발을 멈추었다.

저게 귀싸대기를 때리는 것도 아니고, 그렇다고 주먹질도 아니고…….

분명 손바닥으로 때리는 것 같은데, 수도로 가격하는 것처럼 보이기도 하고…….

하지만 수도공격이라면 손이 옆으로 비틀어져야 하는데, 또 그건 아니었다.

무엇보다, 도대체 어떻게 저런 엄청난 소리가 나는 거지?

그리고 도대체 왜?

왜? 계속 뺨을 대 주고 있는 거지?

폐허가 된 목욕탕 건물은 살벌한 소리를 토해 냈다.

그때 정신을 못 차리고 적타광구에 얻어맞던 놈이 뒤로 넘어졌다.

지지직, 지직.

놈이 영호의 얼굴에서 인수의 얼굴을 본 순간.

인수의 발이 놈의 안면을 짓밟았다.

퍼어억.

묵직한 내공이 함께 실린 탓에 놈의 얼굴이 무참하게

일그러졌다.

푸다다다닥.

발바닥에 안면을 깔린 녀석은 아가미가 걸려 빠져나오기 위해 애쓰는 활어처럼 푸다닥거렸다.

꾸우욱.

하지만 그 움직임이 서서히 잦아들다가 완전히 멈췄는데, 그 모습은 마치 공포 영화에서나 등장하는 장면 같았다.

놈이 실신한 것을 확인한 인수가 뒤돌아섰다.

그러자 멍한 표정으로 서 있는 한 녀석이 그의 시야에 들어왔는데, 겁을 잔뜩 집어먹은 듯 침을 꿀꺽 삼켰다.

"어쩌라고?"

인수는 발로 놈을 밀어 차 버렸다.

퍼어억.

그러자 인수의 발에 복부를 얻어맞은 놈의 몸이 뒤에서 누군가가 허리를 줄로 묶어 잡아당긴 그것처럼 되어 날아갔다.

철퍼덕.

날아가 벽에 몸을 부딪친 녀석은 고꾸라져 아예 일어서지를 못했다.

이제 한 놈.

인수가 손을 슬쩍 들자, 녀석은 움찔하더니 뒤로 물러났다.

쫘아악. 쫘아악.

인수는 놈의 한쪽 귀싸대기를 연속 두 대 때리고는 눈을 노려보았다.

지지직, 지직.

눈앞에서 이상한 현상이 일어났지만, 녀석은 겁에 질려 즉시 눈을 내리깔았다.

그런다고 봐주진 않는다.

퍼어억.

인수는 놈의 명치에 앞발을 쑤셔 박아 버렸다.

"커헉…… 꺼어어어어어……."

녀석은 자신의 복부를 붙잡고는 무너져 내렸다.

인수가 김무열에게 다가가자, 얻어맞은 녀석들은 낑낑거리는 것도 모자라 겁에 질린 강아지처럼 뒤로 뻘뻘 기며 물러섰다.

순식간에 일어난 일이었다.

여자애들이 멍한 표정으로 입을 떡 벌리고 있는 그때 태환과 현석은 뒷걸음을 쳤다.

역시나 안 나서기를 잘했다는 표정이었다.

인수가 김무열을 보니, 김무열은 뭐에 홀린 듯 멍하니 서 있을 뿐이었다.

영호 이놈이 이렇게 싸움을 잘했나?

"안 덤빌 거지?"

인수가 씩 웃으며 묻자, 태환과 현석은 김무열의 눈치도
보지 않고 재빨리 고개를 끄덕였다.

이제 남은 것은 김무열 하나뿐.

"음. 내가 갈까? 네가 올래?"

인수가 물었다.

김무열은 아직까지도 지금 이 상황을 받아들일 수가 없
었다.

이게 어떻게 된 거지?

이럴 수는 없다.

턱관절이 덜덜덜 떨리며 위아래 치아가 맞부딪쳤다.

"대답해. 이거 중요한 거야. 앞으로 똥오줌을 못 가리게
될 수도 있다니까?"

인수가 한 걸음 앞으로 다가와 묻자, 김무열은 침을 꿀꺽
집어삼켰다.

하지만 눈을 보면 여전히 남아 있는 반항기.

"네가 온 거야?"

김무열은 여전히 반응이 없었다.

"고개만 끄덕여도 되는데. 기면 기다, 아니면 아니다."

말도 안 되는 소리다.

고개를 끄덕여 대답하는 거나, 입으로 대답하는 거나 똑
같은 거다.

퍼벅.

그때 인수의 손바닥이 언제 올라왔는지 눈이 번쩍! 하며 불이라도 붙은 것처럼 화끈거렸고, 앞이 전혀 보이질 않았다.

정신을 차릴 수가 없었다.

왜 이러지?

김무열은 다리가 풀린 채로 뒷걸음질을 치는데, 이대로라면 자빠질 것만 같아 균형을 잡기 위해 물에 빠진 사람처럼 양손을 허우적거렸다.

김무열은 정신을 차리기 위해 애썼다.

눈을 찔끔거리는데, 어느새 앞으로 다가온 영호의 한 손이 위로 번쩍 올라가, 살짝 쥐어지고 있었다.

어떤 결과가 펼쳐질지 경험한 상태였기에, 김물열이 기겁하는 그때.

빠아악. 빠아악. 빠아악. 빠아악. 빠아악. 빠아악.

장근에 귀싸대기를 얻어맞을 때마다 김무열의 몸이 충격으로 인해 뒤로 물러나졌다.

뺨에서 느껴지는 통증보다 골이 쩌렁쩌렁하게 울리는 것이 더욱 고통스러웠다.

이대로라면 뇌가 통째로 자리 잡힌 곳에서부터 이탈해 버릴 것만 같았다.

무서웠다. 정신을 차릴 수가 없었다.

한데 신기한 것은 고개가 뒤로 돌아갔다가도 다시 때리

라는 듯 제자리로 돌아온다는 것이었다.

인수는 계속해서 적타광구의 초식을 펼치며 귀싸대기를 올려붙였다.

빠아악. 빠아악. 빠아악. 빠아악. 빠아악. 빠아악.

뒤로 물러나던 김무열이 바닥의 턱에 걸려 넘어지려고 하자, 인수는 멱살을 붙잡아 바로 세웠다,

그리고는 몸을 돌려 반대편으로 밀어붙이며 적타광구의 초식을 펼쳐 갔다.

빠아악. 빠아악. 빠아악. 휘잉.

얻어맞으며 휘청거리던 김무열이 결국 무릎을 꿇었고, 인수의 손이 허공을 갈랐다.

마침, 내공이 거의 고갈된 상태였다.

동작을 멈춘 인수는 마치 예전에 당했던 것을 되돌려주겠다는 듯, 김무열의 코앞에 자신의 얼굴을 들이댔다.

그 상태로 김무열의 눈을 바라보았다.

위소의 삶을 통해 완전히 전의를 상실한 인간의 눈빛을 알고 있는 인수였다.

그리고 자신 역시 김무열에게 꺾인 경험이 있었기에, 당사자의 심정 역시 잘 알고 있었다.

지지직, 지직.

풀려 버린 김무열의 두 눈은 현재의 상황을 받아들이지 못하고 있을 뿐, 여전히 반항할 의지가 남아 있었다.

어떻게 내가 이렇게 당할 수가 있지?

두고 보자. 여기서 벗어나서 몸만 회복되면, 친구들을 더 불러 모으든지, 아니면 수업시간에 들이닥치든지 어떻게든 이놈을 죽여 버리겠어.

마치 이런 결심을 하고 있는 듯한 눈빛이었다.

"김무열."

인수의 부름에, 김무열은 순간 가슴이 덜컹거렸다.

"너 따위가 무슨 조폭이야? 동네 양아치지."

쩌억 하며 자존심에 금이 가는 소리가 들려왔다.

인수는 김무열의 머리칼을 붙잡아 고개를 바로 세운 뒤 귀싸대기를 연속 네 대 더 올려붙였다.

쫘아악. 쫘아악. 쫘아악. 쫘아악.

인수는 머리칼을 움켜쥔 채로 다시 김무열의 눈을 노려보았다.

여전히 꺾이지 않았다.

만약 그토록 자랑스러워하는 남선파의 누군가에게 이렇게 맞았다면 찍소리도 못하고 울었을 놈이다.

하지만 상대가 영호라는 이유로 절대 꺾이지 않는 것이다.

"해 봐! 계속해 봐! 퉤!"

김무열이 인수의 얼굴에 피를 뱉으며 소리쳤다.

"좋아. 어이, 양아치. 팔 부러져 봤어?"

117

김무열의 두 눈이 순간 커졌다.

"굉장히 아파."

말을 마친 인수는 김무열으이 손목을 붙잡았다.

한데, 내공이 고갈된 상태인지라 김무열의 굵은 손목을 꺾기가 쉽지 않았다.

'젠장.'

인수는 재빨리 서클을 회전시켰다.

화이트존이 생성되자 마나를 김무열의 손목에 휘감았다.

바로 그 순간이었다.

'……!'

전혀 예기치 못했던 상황이 발생하고 말았다.

내공과 서클은 상호작용하기에, 내공이 바닥이 난 상태에 이르자 서클의 회전이 불안정해졌고 화이트존이 흔들렸다.

김무열의 손목이 마치 홀로그램영상처럼 잡히지 않았다.

잡히지 않는 손.

인수는 몹시 당황스러웠지만, 애써 태연한 척 손목을 붙잡고 있는 것처럼 그대로 마나를 휘감아 김무열의 팔목을 비틀며 쥐어짰다.

악! 하는 단발마의 비명이 터져 나왔다.

"뭐야! 크, 크아아악! 그래! 해 봐! 해 보라고!"

김무열이 악에 바쳐 소리를 내질렀다.

그 순간 서클이 제멋대로 회전하며 화이트존이 일그러지기 시작했다.

김무열은 하얀 빛으로 채워지는 공간에서 갑자기 눈앞에 나타난 한 장면을 보았다.

그 장면은 바로 학기 초에 자신이 영호를 위해 인수란 놈을 때려 주는 장면이었다.

김무열의 두 눈이 고통 속에서도 휘둥그레졌다.

도대체 내가 왜 다른 놈도 아닌, 영호 이놈에게 이런 일을 당해야 하는가!

'젠장!'

인수는 침착하게 서클을 통제했다.

마나로 척추까지 붙잡아 비틀며 지그시 눌러 내리자 김무열의 척추는 물음표처럼 변형되며 몸이 바닥으로 밀착되기 시작했다.

하얀 빛이 다시 사라지며 원상태로 되돌아왔다.

"끄아아악. 끄아악!"

그 상태로 팔이 빨래를 쥐어짜듯 비틀어졌다.

한 방에 부러뜨리는 것보다 서서히 쥐어짜면 지옥과도 같은 고통을 덤으로 얻게 될 것이다.

인수는 서서히 마나를 비틀며 쥐어짜기 시작했다.

"으으으……"

부러지지 않을 것이다.

우우우웅. 우우우웅.

모두가 설마 하면서도 공포에 질린 채로 그 광경을 지켜볼 수밖에 없었다.

"하지 마······."

누군가가 자기도 모르게 내뱉었다.

하지만 인수는 그 말을 내뱉은 녀석의 눈을 똑바로 바라보며 계속해서 팔을 휘감고 있는 마나를 비틀며 쥐어짰다.

그리고 인수의 얼굴이 무표정해진 순간.

빠각, 우두두둑.

"끄아아아아아아아아아아악!"

팔뚝 뼈가 부러진 것도 모자라 아예 산산조각이 나 버렸다.

김무열은 난생 처음으로 느껴보는 끔찍한 고통에 몸부림치며 비명을 내질렀다.

인수는 김무열의 부러진 팔을 보며 호흡을 가다듬었다.

인수는 건물 밖으로 나가며 말했다.

"어이, 양아치. 또 덤벼라. 병원에 있을 테니까 언제든지 찾아와. 하지만 그때는 양쪽 팔이야."

인수가 나가자, 멍하니 있던 태환이가 손을 달달 떨며 119에 전화를 걸었다.

그때 김무열은 엄청난 고통에 숨조차 쉬지 못한 채로 몸을 바르르 떨고 있었다.

◇ ◆ ◇

그날 새벽.

병원 침대에 누워 있던 영호는 칼을 들고 나타난 김무열로 인해 깜짝 놀라 비명을 내질렀다.

"형? 왜 이래요?"

얼굴이 말이 아니었다.

누구에게 이렇게 얻어맞은 걸까?

"다시 말해 봐."

"네? 형 그 칼 치워요!"

"왜? 이제 무섭냐? 내가 양아치라고 다시 말해 보라고, 이 새끼야!"

"형! 도대체 지금 뭔 소리 하는 거야? 으악!"

"네가 나한테 어떻게 이럴 수가 있어! 죽어!"

한쪽 팔에 깁스를 한 상태로 다짜고짜 칼을 휘두르는 김무열은 이미 이성을 잃은 상태로, 그의 머릿속에는 영호를 죽일 생각밖에 남아 있지 않았다.

"케엑!"

영호는 김무열의 칼에 손이 베이고 옆구리가 찔리는 심각한 부상을 입은 상태로 죽음에 직면했다.

"살려 주세요! 누구 없어요? 제발 살려 주세요!"

영호가 소리쳤지만, 김무열의 칼이 복부를 향해 들어왔다.

"끄아악!"

그때 갑자기 문이 열리며 등장한 누군가로 인해, 김무열은 동작을 멈추고 뒤를 돌아볼 수밖에 없었다.

"김무열."

"넌 뭐야?"

김무열이 뒤를 돌아보니 인수였다.

"아직도 모르겠어?"

김무열은 여전히 뭐가 뭔지 모르겠다는 듯 고개를 저었다.

"어이 양아치. 이제 정신 차려야지."

김무열의 두 눈이 휘둥그레지는 순간, 발악하듯 욕지거리를 내뱉으며 칼을 휘둘러 왔다.

하지만 그 칼은 인수가 보기에 느려도 너무 느렸다.

한심할 정도였다.

결국 김무열은 인수에게 상대도 되지 못한 채, 귀싸대기를 연달아 얻어맞고는 맥없이 의식을 잃었다.

그렇게 어이없게 무너져 내리는 김무열을 향하던 영호의 시선이 인수를 향했다.

"인수야!"

인수는 아무런 대꾸도 하지 않고 영호를 내려다보았다.

"무열이 형이 미쳤어! 날 죽이려고 했어!"

인수는 여전히 말하지 않았다.

"무열이 형이…… 무열이 형이 나를…… 크흐흑!"

영호는 결국 인수의 앞에서 펑펑 울고 말았다.

김무열은 출동한 경찰들에게 연행될 때 아무런 저항조차
하지 않았다.

제4장 해피타임

트리니티 레볼루션
Trinity
Revolution

제4장 해피타임

아이들은 사건에 대해 모두 쉬쉬했고, 인수 역시 조용히 학교를 다녔다.

김무열이 목욕탕 건물에서 당할 때 영호의 얼굴에서 인수의 얼굴을 보았다는 소문이 쫙 퍼졌다.

설마하면서도 아이들은 인수가 뭘 어떻게 했을 수도 있다는 가능성을 열어 둔 상태였다.

학기 초, 영호가 친구들에게 제멋대로 굴며 괴롭힐 때 나서 준 인수가 김무열과 그 패거리들에게 꺾이자, 인수만큼이나 분통을 터트렸었기 때문이었다.

아이들은 영호가 없는 교실이 너무나도 좋았다.

반쯤 실성해서 당분간 학교에 오지 못하고 있는 영호를

단 한 명도 동정하지 않았다.

　1교시 수학시간.

　수학 선생님이 들어와 아이들을 보더니 씩 웃으며 말했다.

　"자, 오늘은 쪽지시험이다."

　우 하는 야유가 터져 나왔다.

　인수는 살짝 긴장된 눈으로 시험지를 받아 보았는데, 문제들을 슥 훑어본 순간 기분이 좋아졌다.

　'다 풀 수 있는 문제다.'

　확실했다. 전에는 어렵게 느껴지며 손을 델 엄두조차 내지 못했던 문제들이었다.

　하지만 지금은 단전의 내공으로 인해 머리가 좋아지며 이해력과 사고력이 높고 깊어진 상태였다.

　틈틈이 문제집을 풀며 준비해 왔던 문제들이 약간 변형된 형태로 출제되어 있었지만, 충분히 자신 있는 문제였다.

　인수는 신나게 샤프를 굴리며 문제들을 하나씩 풀어 나가기 시작했다.

　그리고 1등으로 다 풀었다.

　서로 시험지를 채점하는데, 인수가 100점이다.

　"야, 너 너무한 거 아냐? 니가 무슨 백점이야?"

　윤철이 인수의 시험지를 보고는 어이가 없다는 표정으로 말하자, 수학 선생님이 다가왔다.

그때 인수의 시험지를 확인하는 수학 선생님.

갑자기 어이없다는 표정을 지으며 콧방귀를 뀌더니 '너, 이따가 조용히 나 좀 보자.' 하는 식으로 인수의 어깨를 토닥였다.

그렇게 나가려고 하는데, 인수의 표정이 오히려 당당했다.

"인수야, 넌 이 쪽지시험을 왜 본다고 생각하니?"

수학 선생님이 옆에 일어나 있는 윤철의 의자를 당겨와 앉더니, 애정 가득한 표정을 띠고는 물었다.

쪽팔리는 일일 테니 조용히 따로 불러서 잘못을 뉘우칠 시간을 주려고 했는데, 오히려 당당한 표정이라니.

선생님의 시선이 100점 시험지에서 떠나 인수의 정면을 향했다.

교실의 아이들도 인수의 대답을 기다렸다.

"학생들이 평소에는 공부를 안 하다가 시험 기간만 되면 그때서야 벼락치기를 하니까 꾸준히 공부하라고 쪽지시험을 보는 거 같습니다."

"그래. 잘 알고 있네. 거기에 스스로 체크도 필요한 거고."

"그렇지요."

"근데. 잘 알고 있는 애가 왜 이랬어?"

"네?"

"네? 지금 '네?' 라는 소리가 나와?"

"무슨 말씀이신지 저는 잘 모르겠습니다."

수학 선생님이 인수를 노려보았다.

애정 가득하게 맞추고 있었던 눈높이가 위아래로 바뀌었다.

선생님이 일어선 것이다.

"너 계속 이럴 거야?"

인수는 속으로 웃음이 터져 나왔다.

이 선생님이 왜 이러는지 그 이유를 잘 알고 있기 때문이었다.

3등급인 인수의 실력으로는 절대로 풀 수 없는 문제들이 시원하게 풀려 있기 때문이었다.

"누구 거 보고 썼어? 말해 봐."

수학 선생님은 고개를 옆으로 돌렸는데, 그때 전체 1등을 유지하고 있는 경석이와 눈이 딱 마주쳤다.

경석이의 두 눈이 휘둥그레지고 있었다.

난 절대 아니라고. 억울하다고.

"누구야? 보여 준 거야? 아니면 네가 몰래 본 거야?"

"제가 푼 건데요?"

인수가 대답하자, 수학 선생님은 화가 머리끝까지 치밀어 올랐다.

갑자기 시험지를 들고는 팔랑팔랑 흔들며 소리를 질렀다.

"야 인마! 박인수! 너 계속 그렇게 거짓말할 거야? 이딴 식으로, 이렇게 커닝해서 점수 올리는 게 무슨 의미가 있어!"

"선생님. 저 커닝 안 했어요."

"안 했어?"

"네."

"커닝 안 했다고?"

"네. 진짜 안 했습니다. 하늘에 맹세코 안 했습니다. 제가 풀었습니다."

"하!"

수학 선생님은 진정하자, 진정하자 하는 표정으로 한숨을 푹 내쉬었다.

아이들도 선생님을 응원하듯 에이, 하며 웅성거리기 시작했다.

"하늘에 맹세코 안 했다? 알았어. 이 자식이 끝까지 반성을 안 하네. 좋은 말로 하려고 했더니."

선생님은 노트를 찾기 위해 이쪽저쪽 책상을 막 뒤졌다.

그때 윤철이 자기 노트를 재빨리 전해 주려는데, 선생님은 알림장이 보이자 그 알림장을 쭉 빼고는 앞뒤를 확인했다.

그러더니 인수의 샤프를 들고는 뒷면 백지에 허겁지겁 도형을 그리며 문제를 출제했다.

그러면서 혼자 중얼거렸다.

"커닝으로 부모님 기쁘게 해 드리면 뭐 당장이야 용돈 올라가고 좋겠지."

인수는 문제를 보자마자 머릿속에서 공식이 그려졌다.

하지만 3등급은 절대로 풀 수 없는 문제였다.

"너 이거 못 풀면 부모님 모시고 와야 돼. 알았어?"

수학 선생님은 문제 위로 손바닥을 쾅 찍으며 샤프를 올려놓았다.

인수는 샤프를 집어 들었다.

박살 나지는 않았는지 살펴본 뒤, 톡톡 눌러 심지를 뺐다.

당연히 풀지 못할 거라 생각한 수학 선생님이 다시 의자에 앉아 팔짱을 끼며 인수를 노려보려는 찰나.

슥슥.

인수의 샤프가 일필휘지로 움직이며 공식이 적혀 나갔다.

슬쩍 곁눈질을 하던 수학 선생님의 두 눈이 점점 커지더니 결국엔 휘둥그레졌다.

정확한 공식에 올바른 답이 적혀 있기 때문이었다.

"다 풀었습니다."

인수가 샤프에 뭔가 문제가 있는 것처럼 살펴보며 말하자, 수학 선생님은 두 눈만 깜빡거리고 있을 뿐이었다.

인정 못해! 절대로 인정 못해!

수학 선생님은 그 샤프를 확 빼앗아 다른 문제를 출제했다.

조금 더 꼬았다.

흥분해서 머리가 돌지 않아 시간이 지체될 지경이었다.

그래도 꾹 참고 문제를 더 꼬았다.

어디 한번 이것도 풀어 봐라!

하지만 인수는 그 문제도 시원하게 풀어냈다.

경석의 두 눈이 동그래지고 있었다.

자신의 계산 속도보다 더 빨랐기 때문이었다.

"너 어떻게 된 거야?"

"선생님. 저 방학 동안 진짜 열심히 공부했습니다. 서울대, 아니 경찰대 가려고요."

수학 선생님의 두 눈은 이제 감동으로 떨렸다.

그리고 그 감동의 눈빛은 칭찬으로 바뀌어 터져 나왔다.

"기특하다! 인수야! 정말 장하다! 그래, 이렇게 하면 되는 거야!"

선생님은 인수의 머리를 쓰다듬으며 입이 마르도록 칭찬을 해 주었다.

그때 경석은 묘하다는 표정으로 고개를 갸우뚱거렸다.

수학은 이런 게 아닌데?

고액 과외를 받아도 절대로 한 달 만에 이런 일이 가능할
리가 없는데?

'……저 녀석 뭐지?

참으로 놀라운 일이었다.

쉬는 시간마다 아이들이 인수의 주변으로 하나둘 모여들
었다.

처음에는 어딘지 모르게 변한 모습에, 그리고 영호와 김
무열의 사건으로 인해 뭔지 모를 위화감을 느꼈던 아이들
이었지만, 한 명씩 인수에게 말을 걸기 시작하더니 금세 가
까워졌다.

영호가 없는 교실은 조용하기만 했다.

시간이 지나며, 아이들과 인수에게 위화감 따위는 이제
찾아볼 수가 없었다.

아이들은 막상 인수와 이야기를 시작하니, 뭔가 세상을
오래 살아 본 아저씨처럼 말하는 것이 은근히 재밌기도 했
다.

그리고 배울 게 많았다.

하지만 그와 동시에 이해하기 힘든 말도 많이 했다.

특히 아저씨 같은 말들이.

"너희들은 지금 좋은 환경에서 공부만 하니까 잘 모를 거
야. 이 삶이란 게 말이야, 약자들과 없는 사람한테는 아주

혹독한 거거든. 내가 죽음이 두려운 건 계획대로 살지 못했기 때문일 텐데…… 난 바꾸고 싶은 게 많아. 아니, 반드시 바뀌어야 하는 것들이야. 이건 내가 아니라 해도 분명 누군가가 바꾸어야 하는 거고. 물론 지금도 많은 사람들이 노력하고는 있지만…… 아무튼 너희들도 이제부터는 아무 생각 없이 공부만 할 게 아니라 뭔가를 고민해야 돼."

"뭘 고민해?"

석태가 인수를 향해 '이 녀석 왜 이러지?' 하는 표정으로 물었다.

"그 뭔가가 뭔데?"

지석 역시 마찬가지였다.

요즘 정말 인수가 달라 보였다.

"좋은 세상. 보다 더 많은 사람들이 억울한 일을 당하지 않고 또 가난으로 인해 고통을 받지도 않는. 그런 좋은 세상."

"아! 억울한 일 말하니까 생각났다. 우리 누나 친구가 레스토랑에서 한 달 동안 알바 했는데 지금도 돈을 못 받았데. 장사도 잘된다는데. 그 사장 새끼 완전 양아치 새끼래. 일도 더럽게 많이 시키고."

"그 누나 나 좀 소개시켜 주라."

석태가 광분해서 말하자 지석이 엉뚱한 소리를 하며 껴들었다.

135

"너는 또 갑자기 뭔 개소리야."

"농담이야, 농담. 아이고, 무서워라. 뭐 어쨌든 고소하면 되는 거 아님?"

"에이, 그 누나 부모님들도 쫓아가서 고소한다면서 따졌는데도 소용없데. 뭐 영업에 엄청난 피해를 줬대나 어쨌다나. 맞고소 한다고 오히려 큰소리치고, 그 누나 울고불고…… 다시는 일 안 한데."

"그러니까 날 소개시켜 주라고."

"에이, 진짜."

참다못한 석태가 주먹을 확 들어 올리자, 깜짝 놀란 지석이 의자에서 몸을 일으키다가 꽈당 넘어지고 말았다.

"고소하다, 이놈아."

그러자 다른 아이들이 킬킬거리며 말했다.

"하여튼 나쁜 놈들 절라 많아."

"아, 추잡하다 추잡해. 떼먹을 돈이 따로 있지."

"그래 내 말이…… 그래서 바꿔야 돼. 암튼 그런 놈들이 문제야. 지네들 주머니 채우기 바빠서 열심히 사는 선량한 사람들 피해나 주고 말이야. 이런 놈들은 법도 요리조리 잘 피해 가거든. 아니, 오히려 법이 그놈들 편이 아닌가 싶어. 이런 놈들은 위로 갈수록 더 심해. 부정부패에 비리까지…… 사기꾼들이 판을 치고……."

"그걸 바꿀 수 있을까?"

윤철이었다.

"자본이 노동을 억압하고 지배해 온 게 자본주의의 역사야. 근데 그걸 바꾼다? 뜬구름 같은 소리지. 홍길동 할아비도 안 될걸?"

야무진 말이었다.

인수는 윤철에 대해 다시 생각해 보았다.

당시에는 이런 주제로 대화를 나누어 볼 기회가 없었기에, 그저 종잡을 수 없는 녀석으로만 생각했었다.

하지만 윤철도 뭔가를 바꾸고 싶었던 것이었다.

교실에서도 영호에 의해 폭력이 일어나면 막아야 한다는 생각에 나섰겠지만, 나설 때와 가만있어야 할 때를 구분하지 못했던 것이었다.

그래서 결국 화이트 해커의 길로 간 것일까?

순간, 인수는 머리를 흔들었다.

'아니야.'

아직까지는 〈JYJ〉를 윤철이로 단정 지으면 안 된다고 생각했다.

"빙고."

인수는 윤철을 향해 손가락을 튕겨 주었다.

"세상을 바꾸는 일은 혹독한 내부의 혁명으로부터 시작되는 것. 난 충분히 가능하다고 생각해. 사람이 먼저 바뀌면."

"에이, 사람이 어떻게 변해?"

"맞아. 안 변해."

"울 아빠도 그랬어. 무덤에 들어가서도 정신 못 차리는 게 사람이라 그랬어."

지석이 말하자, 아이들이 서로 공감한다는 표정으로 고개를 끄덕였다.

"하하하. 나도 예전엔 그랬었지. 한 여자를 만나기 전까지는 말이야."

아이들이 모두 다 '뭐야?' 하는 표정으로 인수를 보았다.

"알았다, 알았어. 일단 너희들은 공부가 우선이다. 열심히 공부해라. 진짜 열심히 해야 돼. 지금 어른들에게 일어나는 한심한 일들을 가지고 왈가왈부할 필요는 없다고 생각해. 그냥 귀 기울여 듣고 가슴 속에 가만히 담아 두었다가 훗날 어른이 되면."

인수는 잠시 말을 끊고는 아이들의 눈을 한 명씩 응시했다.

녀석들의 눈빛은 총명했다.

"그때 우리 다 같이 정의의 편에 서자. 오케이?"

인수의 말은 아이들의 가슴 속에서 어떠한 경종처럼 울려 퍼졌다.

"사람이 바뀌면 세상도 변하지 않겠어? 그걸 이 나라의 새싹들, 바로 우리들이 해내야 하는 거고."

"너랑 못 놀겠다."

"엉. 나도."

"뭐, 갑자기 아저씨야."

"울 아빠도 이런 소리 안 하는데."

모두가 깔깔깔 웃었다.

인수도 허허 하며 웃었다.

아이들이 보는 인수의 눈빛은 또렷했고 뭔가 당당했다.

그러니 아이들의 생각은 모두 다 똑같았다.

말은 같이 못 놀겠다는 농담을 해도, 인수 이 녀석과 좀
더 친해지고 싶은 것이었다.

인수는 웃고 있는 친구들을 보며 생각에 잠겼다.

아이들은 자신들의 숨은 운명과 우연에 희생당하지 않을
성숙한 어른을 필요로 한다.

과연 이 아이들 중에 누가 나와 함께 정의를 위해 싸우게
될까.

◇ ◆ ◇

4교시 체육 시간.

남학생들의 간청으로 체육 선생님은 축구 시합을 허락해
주었다.

여학생들은 피구를 했다.

인수가 기억을 더듬어 보니, 2학년만 올라가도 체육 시간이 거의 없었던 것 같았다.

인수는 실로 오랜만에 폐가 터지도록 맘껏 뛰었다.

운동에 소질이 있었던 인수였기에 너무나도 신이 나는 순간이었다.

최선을 다해 뛰었고, 볼을 빼앗으면 패스에 집중했다.

몸이 확실히 빨랐다.

볼을 빼앗는 횟수가 많아지니, 같은 편 공격수가 항상 옆에서 따랐다.

"인수야! 여기!"

패스를 해 주고 앞으로 달려가다 보니, 공격수가 수비들에게 휩싸였고 다시 흘러나온 볼을 차지했다.

노마크 찬스.

인수는 침착하게 골대를 보았다.

"슛!"

아이들이 소리쳤다.

상대팀인 태환이와 현석이가 몸으로 막기 위해 달려왔다.

인수는 페이크로 두 사람을 차례대로 제친 뒤, 주저하지 않고 슛을 쏘았다.

발끝을 떠난 공은 골대로 날아가 그물망을 흔들었다.

"좋아!"

골을 넣은 인수는 제기랄, 하는 표정으로 서 있는 태환이와 현석이의 옆을 가로지르며 양손을 날개처럼 펼쳐 활강했다.

온몸이 짜릿했다.

즐겁고 신났으며 행복했다.

인수의 뒤로 아이들이 따라오더니 등에 마구 올라타고 있었다.

친구들에게 깔려도 좋았다.

상대팀도 인수를 향해 엄지를 세워 칭찬해 주었다.

"인수 잘했어!"

"멋져!"

"파이팅!"

한 녀석이 손바닥을 부딪쳐 왔다.

경쾌한 소리와 함께 인수는 활짝 웃었다.

여학생들 몇 명이 인수를 보았다.

인수는 고개를 들어 하늘을 올려다보았다.

정말 눈부시게 파란 하늘이었다.

◇ ◆ ◇

2학기 중간고사.

첫째 날 시험을 마치고 집으로 돌아온 인수는 문을 열고 들어오자마자 엄마를 찾았다.

자신이 정말 열일곱 살처럼 느껴졌다.

하지만 김선숙은 언제부턴가, 아들 인수의 모습이 30살이 훌쩍 넘은 아저씨처럼 보였다.

"엄마! 엄마!"

"오메…… 넌 어째 갈수록 아저씨 같냐? 셤은 잘 봤어?"

아버지가 벼르고 있기에 성적이 조금이라도 오르기를 바라고 있던 김선숙이었다.

몇 대라도 덜 맞았으면 하는 마음이었다.

"엄마! 오늘 영어랑 기가(기술가정)랑 사회 다 맞은 거 같아요!"

"에이."

"어, 못 믿어요? 아들 말을?"

"말 같은 소릴 해야 믿지."

"어허. 내가 어쩌다 울 엄마한테 신뢰를 잃었을까?"

인수는 엄마가 믿지 않자 가방에서 시험지를 꺼내 보여주었다.

"엄마. 여기 영어 5번 문제 6점짜리거든요? 이거 경석이도 틀렸어요."

경석이는 김선숙과 같은 학부모 모임 엄마의 아들로 전체 1등이다.

그렇기에 경석이의 엄마는 모임에서 공부 이야기만 나오면 모든 엄마들의 부러움을 한 몸에 샀다.

"그래? 그 전체 1등이라는 경석이?"

"네."

"걔도 그런 실수를 하나?"

"실수가 아니라 모른 거예요."

"정말? 오…… 이제야 그 집구석도 인간미가 보이네. 사람이 좀 모르는 것도 있고 틀리는 것도 있고 그래야지. 거기는 인간미가 없어."

"엄마 경석이 알아요?"

"아니, 그 집 아들 얼굴은 잘 몰라도 그게 그렇잖아. 그집 엄마 요즘 두문불출한 게 집에서 애를 달달달 잡는 줄 알았더니 그것도 아닌가 보네."

"아……. 그러고 보니 경석이 어머니는 요즘 다른 일이 있어요. 이제 기억나네."

"뭔 소리야? 그 집 엄마가 왜?"

"아니에요. 별일 아니에요. 갑자기 생각난 게 있어서요. 어쨌든 이 문제 전 맞았지요."

"에이."

"엄마! 진짜라니깐요! 이거 저만 맞았어요! 애들 거의 다 틀렸어요."

"……답이 뭔데?"

김선숙은 슬슬 관심을 갖기 시작했다.

"엄마, 보세요. 이 지문에서 요구하는 답이 뭐냐면 미스터 톰이 환경보호를 생각하며 하는 행동을 모두 작성해야 하는 거거든요?"

인수는 조금 딱딱한 발음으로 지문을 읽어 내려갔다.

김선숙의 표정이 진지해졌다.

"잘 읽어 보면 총 여섯 가지예요. 샴푸를 쓰지 않는 거랑 헤어스프레이를 쓰지 않는 거 등등. 근데 애들은 다 다섯 개만 썼다는 사실! 소금과 식초를 사 왔다. 이거를 빼먹었다는 사실!"

김선숙의 두 눈이 동그래졌다.

"소금과 식초가 환경보호랑 뭔 상관인데?"

"지문을 유심히 살펴보면 미스터 톰은 엄마와 함께 봄맞이 대청소를 한다고 되어 있거든요. 소금과 식초는 요리용이 아니라 청소를 위해 구입한 거거든요. 환경보호를 위한 천연재료!"

"근데 그게 진짜 포함돼?"

"그렇다니까요? 아들이 답지 다 확인하고 온 거랍니다."

순간, 김선숙의 얼굴이 활짝 폈다.

"그래? 그라믄 다른 애들은 부분점수 나갔겠네? 경석이도 이걸 다섯 개만 쓴 거야?"

"그렇지요."

"너는 다 써불었고?"

"그렇다니까요."

"참말로?"

"네."

"오메! 아고, 내 새끼! 아고 내 강아지!"

김선숙은 인수의 머리를 두 팔로 안고는 가슴으로 막 비볐다.

"기술 7번 문제도 엄청 어려웠어요."

인수는 엄마의 가슴에 얼굴을 묻힌 채로 시험지를 흔들며 계속 떠들었다.

"이것도 경석이 틀렸어?"

"아뇨. 이건 경석이도 맞았어요."

"걔는 인간미가 없어."

"근데, 다른 애들 많이 틀렸어요."

"반장은?"

"창훈이요? 창훈이는 두 과목 합쳐도 100점이 안 되는 거 같던데?"

"잉? 그 언니 지 아들 영어 좀 한다고 그랬는데?"

"모르겠네요. 어쨌든 전 지금까지 세 과목 올 백!"

"에이."

김선숙은 다시 정색했다.

"진짜라니까요?"

"아직은 확실한 거 아니잖아. 성적표가 나와 봐야지."

"알겠습니다. 결과 나오면 저 용돈 두 배. 약속."

인수가 새끼손가락을 걸어왔다.

"두 배는. 열 배도 확 올려줘불지."

"진짜 약속했어요?"

"아, 결과 나오고나 얘기혀!"

"알았어요."

인수는 엄마에게 뽀뽀를 해 주고는 방으로 들어갔다.

다음 날.

"엄마! 엄마!"

인수는 집에 들어와 국어와 한국사 시험지를 흔들며 또 올 백을 자랑했다.

김선숙은 아들이 아닌 옆집 아저씨가 내 아들 교복을 입고는 저러는 거 같았다.

"인수야…… 그거시 그랗께 뭐시냐믄 아빠가 그러는데…… 너 그렇게 계속 설레발치다가는 진짜 다리몽둥이가 부러져 부는 수가 있데."

"알겠습니다. 성적표 나오면 보지요."

인수는 엄마에게 또 뽀뽀를 해 주었다.

그리고 다음 날, 시험 마지막 날.

"엄마! 엄마!"

김선숙은 내심 아들을 기다리고 있었다.

"수학! 과학! 중국어! 올 백! 전 과목 올 백이요!"

인수는 시험지를 흔들며 들어와 엄마에게 설명해주었다.

이 문제는 누가 틀렸고, 이 문제는 자기도 헷갈렸는데 진짜 고민해서 고쳐 쓰길 잘했다며 신이 나서 말했다.

김선숙은 아들의 설명을 가만히 듣기만 했다.

아들이 하는 말을 어디까지 믿어야 할지, 도무지 알 수가 없었다.

인수는 중간고사에서 전체 1등을 차지했다.

성적표를 받아 든 김선숙은 멍해졌다가, 물었다.

"이거 참말로 위조 그런 거 아니야?"

"어허."

그제야 정신을 차린 김선숙은 성적표를 보고 또 보더니 좋아서 거실을 펄쩍펄쩍 뛰어다녔다.

그때, 담임 선생님이 전화를 걸어왔다.

[어머님, 인수가 큰일을 해냈습니다! 칭찬 많이 해 주세요. 이건 정말 기적입니다.]

"선생님! 저도 안 믿겨요. 호호호호!"

모임에서 모든 엄마들이 부러워 미치게 만들어 주겠다던 약속을 아들이 결국 지킨 것이었다.

김선숙은 남편에게 전화를 걸었다.

"아따 참말로! 한강이 허벌라게 잘 보여 부는 거시기 있잖아요! 그래 거기, 거기로 예약해불쇼!"

남편에게 이렇게 큰 목소리로 당당하게 명령하듯 말해 보기는 처음이었다.

◇ ◆ ◇

한강이 한눈에 보이는 레스토랑에서 성적표를 받아 든 박지훈은 여전히 얼떨떨할 뿐이었다.

"아빠. 전 이 말이 듣고 싶어요. 고생했다 아들. 잘했어."

박지훈은 한동안 입을 열지 못했다.

칭찬에 어색한 사람이었다.

단지 아주 작은 용기가 필요할 뿐인데, 그 용기를 여전히 내지 못했다.

아들이 아빠라고 불러도 뭐라고 할 수도 없었다.

"여보……."

김선숙이 재촉했지만, 여전히 그 어떤 말도 할 수가 없었다.

"우리 아들 잘했어! 최고!"

김선숙이 아빠 대신 엄지를 세우며 말하자, 박지훈은 와인을 한 모금 마시고, 창밖을 내다본 뒤 인수를 보며 무겁

게 입을 열었다.

"고생했다…… 잘했어."

"네, 아빠."

인수는 활짝 웃었다.

◇ ◆ ◇

집에 돌아온 인수는 진로에 대해 한 번 더 고민하는 시간을 가졌다.

어차피 문과를 선택하긴 할 것이다.

이 상태로 계속 올 백을 유지하면 수시로 서울대 법학과를 노릴 수도 있는데, 합격한 뒤 방향을 틀어 경찰대를 지원하는 것도 가능했다.

중요한 것은, 사법고시를 패스해 두는 것.

이런 고민들이 머리를 복잡하게 만드는 이유는, 인수의 마음은 여전히 현장에서 발로 뛰는 형사를 향하고 있기 때문이었다.

◇ ◆ ◇

온 가족이 시간을 내서 인혜가 참가한 공개 오디션 예선장을 찾았다.

아트만골드 원장이 먼저 다가와 박지훈에게 인사를 했다.

인혜와 경목이 출전해 듀엣으로 무대에 서자, 인수는 복도에서 모니터를 보며 흐뭇한 표정을 지었다.

이내 노래가 시작되자, 딸이 노래하는 모습을 바라보는 박지훈의 얼굴에도 웃음이 사라지지 않았다.

"엄마? 언제부터 그렇게 간절했어요?"

"야는…… 원래 이런 데 오면 이러는 거야. 저기 카메라."

김선숙은 카메라를 의식하며 두 손을 가슴에 모았다. 곧 울 것 같았다.

"저 노래 인혜가 만든 거래요."

"내가 내 자식들에 대해 너무 몰랐네."

박지훈은 딸의 모습에서 시선을 떼지 못했다.

노래가 끝났고 심사위원들이 박수를 치며 환호를 했다.

"저 가시나가 나 닮아서 노래를 잘하네."

"엄마 카메라."

김선숙은 다시 두 손을 가슴에 모았다.

어느새 두 눈에 눈물이 그렁그렁했다.

문이 열렸다.

인혜가 기획사 3사의 합격증을 이마에 모두 붙이고는 펄쩍펄쩍 뛰며 달려 나왔다.

"오메 내 딸!"

김선숙이 울며 두 팔을 벌렸다.

인혜는 아빠의 품으로 뛰어들었다.

제5장 못 말리는 아버지

트리니티 레볼루션
Trinity
Revolution

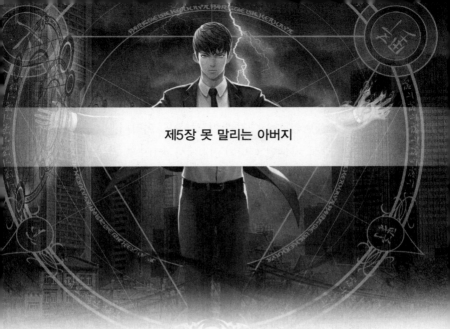

제5장 못 말리는 아버지

아버지가 드디어 일을 저지르기 시작했다.

"안 되겠어. 내가 이번에 아주 동국반도체 1차 벤더로 자리 잡고 말거야. 기대해도 좋아! 앞으로 이 아빠가 돈을 더 왕창 벌어서 너희들 팍팍 지원해 주마!"

샤워를 하고 나온 박지훈이 수건으로 머리를 탈탈 털며 말했다.

"머리 빠지는 거 봐. 더 늦기 전에 도전해야 되겠어."

인수는 화들짝 놀랐다.

끔찍한 악몽이 다시 시작되는 것만 같았다.

"아빠."

"왜?"

"동국반도체 안 돼요. 거기 들어가지 마세요."

박지훈이 콧방귀를 뀌는 것처럼 웃음을 터트렸다.

이제는 애비의 사업까지 끼어드는 아들이라니.

"거기 중국 자본인 데다가 300에서 450으로 절대 못 가요."

"도대체 네가 뭘 안다고 그걸 장담해?"

"동국. 앞으로 향후 10년 뒤에도 신설 라인 안 깔립니다. 제 말 믿으세요."

"그런다고 치자."

"아빠. 만약에 아빠가 제 말 무시하고 끝까지 동국과 계약한다면 목숨을 걸고라도 뜯어말릴 테니까 그렇게 아세요."

"요즘 사람들 보면 다들 똑같은 거 같아. 너도 그렇고. 어디 인터넷 기사 보고 하는 말들 보면 다들 박사에 의사야. 내 사업은 내가 알아서 할 테니까, 넌 네 일에나 신경 써라. 네가 해야 할 일은 뭐다?"

'으이구, 저 똥고집하고는'

"공부요."

대답은 이렇게 했지만, 인수는 무슨 일이 있더라도 아빠를 막아야 했다.

방으로 들어온 그때 핸드폰이 울렸다.

모르는 번호가 찍혀 있었다.

"여보세요."

인수가 전화를 받자, 껌 씹는 소리부터 들려왔다.

순간 빈약한 가슴이 떠올랐다.

[나 유정이. 서유정.]

"니가 왜?"

[아. 할 말이 있어서. 너 지금 어디야? 나 여기 니네 집 앞인데.]

"난 할 말 없다."

[집이야?]

"야. 귓구멍이 막혔냐? 너 다신 나한테 전화하지 마라."

인수가 전화를 막 끊으려는데 유정이가 급히 말했다.

[잠깐 보지?]

이게 나한테 왜 이러지?

[나와. 기다리고 있을 거니까.]

◇ ◆ ◇

인수는 아파트 공원에서 그네를 타고 있는 유정을 보았다.

혼자였다.

유정은 발소리를 듣고는 뒤를 돌아보더니 그네를 발로 잡았다.

"왔네? 안 올 줄 알았는데."

인수는 코를 찡그렸다. 저놈의 화장품 냄새.

무슨 소리를 하려나 가만히 지켜보고 있는데, 유정은 호주머니에서 전화기를 꺼내 켜고는 한 장의 사진을 보여 주었다.

아버지뻘로 보이는 한 남자와 유정이 다정한 포즈를 취하고 있었다.

"요즘 세상에 원조교제는 아닐 테고. 네 아버지 사진을 왜 보여 주는 건데?"

유정이가 픽 하고 웃었다.

"울 아빠 아냐."

"그럼 뭐."

"원조교제도 아니고."

"그니까 뭔데."

"소장."

"소장?"

"응. 나 보호관찰 중이거든."

"자랑이냐?"

"이 씨발 새끼가 오늘도 내 가슴 만지더라. 지 무릎에 앉혀 놓고는 아주 쌩쇼를 해요. 말 안 들으면 보고서 한 방에 나 학교 잘리거든."

인수는 유정이의 가슴을 보았다.

만질 게 뭐가 있다고.

"그래서?"

"그렇다고. 그냥 뭐 나도 적당히 놀아 주고 있다고."

관심을 보이는 건지, 도움을 요청하는 건지, 아니면 내가 이렇게 막 나가는 사람이니까 내 앞에서 까불지 말라는 건지 도대체 알 수가 없었다.

"번지수 잘못 찾았다. 그런 건 너희 아버지한테 얘기해라. 가라."

인수는 뒤도 돌아보지 않고 돌아섰다.

"울 아빠 없는데?"

인수는 발을 멈추었다.

"엄마는 이상한 놈 집으로 끌고 들어와서 집에도 못 들어가."

알아줘, 들어줘.

동정심을 표현하는 방법도 가지가지다.

저런 식으로 말하면 자기 존심은 여전히 지키고 있다는 건가?

남을 대할 때 자신에게 솔직하지 못한 사람과는 대화 사절이었다.

"내 알 바 아냐."

인수는 신경 쓰고 싶지가 않았다.

그렇게 멀어지고 있는데 유정이 뒤에서 말했다.

"오빠들이 너 어떻게 한다던데? 너 그냥 재수 없데."

인수는 손을 들어 대답해 주었다.

"1반 동철이 오빠 알지? 조만간 너 손보겠다고 하던데."

서유정은 혼자 씨부렁거리며 웃었다.

인수는 뒤도 돌아보지 않았다.

뭐라고 하든지 말든지 신경 쓰고 싶지 않았다.

"근데 있잖아. 내가 뺨을 맞았을 때, 내 뺨을 날린 사람이 왜 너인 거 같지?"

인수가 뒤를 돌아보았다. 유정이가 씩 웃었다.

너 맞지?

유정이의 목소리가 들려오는 것만 같았다.

"뭔 소리야?"

"아냐, 아무것도."

인수는 어깨를 으쓱한 뒤 다시 뒤돌아 자리를 떠났다.

씨발 새끼.

유정이가 욕하는 소리가 들려왔다.

인수는 화이트존을 통해 유정이의 마음을 확인했다.

'SOS……'

우우우웅.

그때 인수는 뜻하지 않게 화이트존에 펼쳐진 미래의 한 장면을 보았다.

유정이 보호관찰소장을 상대로 자신의 문제를 스스로

극복하고 있는 장면이었다.

인수는 깜짝 놀랐다.

화이트존을 통해 미래의 모습을 본 것도 놀라웠지만, 더욱 놀라운 것은 서유정이라는 아이를 다시 보게 된 것이었다.

'이건 뭐…… 내가 굳이 나설 일도 없겠네.'

놀란 마음을 진정시키며 집으로 들어가려던 인수는 갑자기 세영이 너무나도 보고 싶어졌다.

참자. 보고 싶어도 참자.

호흡을 고르고 있는데 세영이 참을 수 없을 만큼 보고 싶어졌다.

세영의 아파트 단지 내 공원에서 하염없이 그네만 타던 인수는 엄마의 전화를 받고는 일어섰다.

"들어갈게요. 별일 없죠? 네."

시계를 보니 밤 10시가 다 되었다.

"너무 보고 싶다."

혹시나 우연히 만나기를 바랐지만, 그런 일은 일어나지 않았다.

공원을 벗어나 상가를 지나쳐 갈 때였다.

교복을 입은 세 명의 여학생들이 옹기종기 모여서 떡볶이와 어묵을 먹고 있었다.

인수의 두 눈이 반가움으로 빛났다.

다시 또 심장이 떨려 왔다.

뒷모습만 보아도 알 수 있었다.

세영이 저기 있다.

인수는 건강한 세영을 뒤에서 보는 것만으로도 또 다시 밀려오는 감동을 주체할 수가 없었다.

지금 이 순간, 이 자체가 기적이었다.

인수는 슬그머니 세영의 옆으로 가서 어묵을 한 개 집어 들었다.

세영이 옆을 보지도 않고, 한 발짝 물러나며 자리를 비켜 주었다.

인수는 무슨 이야기들을 이렇게 재밌게 하시나 하며, 귀를 기울여 보았다.

"야. 할 거면 확실히 하라고. 지금 연습시간도 부족할 텐데."

"주민이 고년 꼴 보기 싫어서 그런 거지 뭐."

"걔는 왜 항상 제멋대로지?"

"못된 년이야."

"그럼, 하지 마."

인수는 피식 웃었다.

세영은 숨죽여 지내야만 하는 집 안에서와는 달리, 밖에 나오면 답답함을 참지 못했고 뭐든지 끊고 맺는 것이 확실했다.

거기에 미지의 세계에 대한 탐구에 흥미를 느꼈고, 미스
터리에 관심이 많았다.

"아, 나 이번 축제 때 무대 서고 싶단 말이야. 솔직히 내
가 젤 잘 춰."

"그럼 하세요. 네가 먼저 당당하게 말해."

"뭐라고?"

"주민이 너 빠져 주세요."

인수가 세영의 말에 또 웃는 그때였다.

우우우웅.

'젠장!'

서클이 또 제멋대로 회전하며 화이트존을 생성시켰다.

시간이 거꾸로 돌아가자, 순간 인수의 손에 쥐어져 있던
어묵꼬치가 원위치 되는 과정에서 바닥에 툭 떨어졌다.

세영이 발 옆에 떨어진 어묵을 보다가 고개를 들어 인수
를 보았다.

인수는 몹시 당황스러웠지만, 침착하게 호흡을 하며 서
클의 회전을 막았다.

'후!'

회전이 멈추자 화이트존도 사라졌다.

시간이 원위치 되었다.

"학생 이리 줘."

"아주머니 죄송해요. 계산할게요."

"아냐. 괜찮아."

"계산할게요."

"학생, 괜찮아요. 이리 주세요."

"아, 네. 감사합니다."

인수는 바닥에 떨어진 어묵을 주워 들어 아주머니에게 건네주었다.

다시 새 어묵꼬치를 집어 들고는 세영을 슬쩍 보았다.

교복이 참 예쁘게 잘 어울렸다.

교복을 입은 모습은 사진으로만 보았는데, 이렇게 직접 보니 너무 예뻤다.

어묵을 한 입 베어 먹는데, 이렇게 맛있는 어묵은 처음 먹어 보는 듯했다.

꿀맛이었다.

세영이 종이컵에 국물을 따르자, 인수 역시 종이컵에 국물을 따랐다.

후후.

평소 세영은 뜨거운 걸 잘 먹지 못했다.

그래서 연애를 못하다 보니 남자를 잘못 만났다고 말했었다.

그런 세영과는 반대로 인수는 뜨거운 걸 참 좋아했고, 잘 먹었다.

'당신 말이야 당신.'

농담이었지만, 원망 섞인 세영의 목소리가 들려오는 순간, 병원에서의 잔인한 기억이 떠오르자 인수는 자기도 모르게 입으로 가져간 컵을 벌컥벌컥 들이켜 버렸다.

"우아아아아!"

인수가 기염을 토해 내자, 조잘거리던 소리가 일순간에 뚝 멈추었다.

여학생들의 눈이 다 동그래졌다.

"아이고, 세상에! 학생 괜찮아? 그걸 그렇게 들이부으면 어떡해!"

분식점 아주머니가 깜짝 놀라서 물었다.

그때 분식점 옆에 위치한 돈가스집의 배달부와 인수의 눈이 마주쳤다.

"시원합니다."

세영이 괴물을 보는 것처럼 인수를 보며 어깨를 슬쩍 피했다.

그러더니 자기 컵을 들어 살짝 입술을 적시다가는 혼이 나서 화들짝 놀란다.

인수는 세영의 그런 모습이 너무나도 귀여웠다.

인수가 어묵을 한 개 더 집어 먹으며 배시시 웃고 있는데, 세영이 옆에서 고개를 갸우뚱거렸다.

어디서 봤는데?

그런 표정이었다.

"아!"

세영이 기억을 해내고는 인수를 돌아보며 말을 붙였다.

"맞다. 고양이."

인수는 활짝 웃었다.

"그때 안 다쳤어요?"

"보시다시피. 멀쩡해요."

"아…… 네. 근데 여기 살아요?"

"아뇨."

인수가 자기 사는 곳을 말하려다가 멈추었다.

그러자 세영이 인수의 다음 말을 기다리다가 잠시 대화가 끊겼다.

세영의 친구들이 '누구야?' 하는 식으로 눈빛을 교환했다.

세영은 그런 친구들에게 '나도 잘 몰라.' 하는 눈빛을 보내는 것이 인수가 보기에 참 귀여웠다.

그때 인수는 컵의 국물을 또 들이켰다.

"뜨거운 거 진짜 잘 먹는다."

"아. 속이 두꺼워서."

세영이가 웃자, 인수도 따라서 웃었다.

훈훈한 분위기는 계속 이어졌지만, 조잘거리던 세영의 친구들은 모두 다 약속이라도 한 것처럼 입을 딱 다문 상태였다.

'요것들 봐라?' 하는 표정으로.

인수는 감상에 젖어서 자기도 모르게 말했다.

"다시 돌아가야만 찾을 수 있는 것들이 있어요."

"네?"

세영이 국자로 국물을 뜨다가 무슨 말인지 몰라 물었다.

"음…… 이를 테면 후회하는 것들?"

그때 머리카락을 귀 뒤로 넘기며 컵에 국물을 붓던 세영이 실수로 컵을 엎지르고 말았다.

인수는 자기도 모르게 두 팔로 세영의 어깨를 붙잡고는 뒤로 몸을 물렸다.

뜨거운 국물이 튀며 쫙 퍼졌다가 세영의 다리 앞에서 흘러내렸다.

세영의 본능적인 움직임보다 인수의 동작이 더 빨랐다.

"괜찮아요?"

"아…… 네……."

인수의 두 손은 여전히 세영의 어깨를 붙잡고 있었다.

손에 힘이 들어갔다.

그렇게 꽉 안아 버리고 싶은 충동에 휩싸였다.

몸이, 육체가 저절로 반응했다.

그 뜨거웠던 사랑, 키스, 서로를 향한 애무.

인수는 세영과의 첫날밤을 절대로 잊지 못했다.

서로가 처음이었다.

한데 그 황홀했던 첫날밤을 다시 보낼 수가 있다니.

인수는 아랫도리가 불끈 솟아올랐다.

'이런 주책바가지하고는⋯⋯.'

이게 뭔 시추에이션이래?

세영의 친구들이 옆에서 그런 눈빛을 보냈다.

국물이 다 떨어지고 나서야, 인수는 자신이 세영의 어깨를 아직도 붙잡고 있다는 사실을 알아채고는 깜짝 놀라 두 손을 놓았다.

세영의 얼굴이 발개졌다.

"오늘 왜들 그래?"

분식점 주인아주머니가 밖으로 나와 쏟은 국물을 닦아내며 둘 사이를 갈랐다.

"죄송해요, 아주머니."

"뭘, 그럴 수도 있지."

아주머니가 다시 안으로 들어가자, 인수와 세영은 또 나란히 섰다.

그때 세영의 핸드폰이 울렸다.

"네."

전화를 받은 세영은 완전히 다른 사람으로 돌변했다.

감정이 전혀 없는 인형처럼 느껴졌다.

"친구들이랑 분식점에 있어요. 여태 식사를 안 하시면 어떡해요. 네, 금방 들어갈게요."

전화를 끊고 나서야, 세영의 얼굴은 다시 원래대로 돌아왔다.

해맑은 얼굴로 폭풍흡입을 시작했다.

엄청 잘 먹었다.

후후, 불면서 먹고 또 먹는 모습을 보는 인수는 깜짝 놀랐다.

'이렇게 분식을 좋아했었구나.'

그렇게 한참을 먹고 있는데.

"우리 먼저 간다."

"뭐?"

세영이 당황해하는 그때, 친구들이 분식점을 떠났다.

"저것들이!"

세영은 서둘러 계산을 하고는 떡볶이 떡을 한 개 더 이쑤시개로 푹 찔러 들었다.

그 상태로 세영은 수줍게 웃으며 인수에게 눈인사를 하고는 부랴부랴 친구들을 따라갔다.

"야아!"

세영의 친구들이 깔깔거리며 도망쳤고, 세영은 그런 친구들을 쫓아가며 씩씩거렸다.

"이 먹튀들! 죽었어!"

"거기 계속 있지 그래."

"아우!"

깔깔거리는 웃음소리가 멀어지고 있었다.

인수는 흐뭇한 웃음을 지으며 계산을 하고는 단지 밖으로 나왔다.

어느새 여름이 다 지나갔는지 바람이 선선해지고 있었다.

경찰대냐 서울대냐.

인수는 따로 학원을 다니지 않고 EBS 인터넷강의와 도서관에서 공부하는 것만으로도 모의고사를 준비하고 선행학습까지 진행했다.

거기에 틈틈이 경석이를 위해 동양의학을 섭렵했다.

사법고시를 대비한 기본7법에 대한 지식도 쌓아 나갔다.

집중력은 갈수록 좋아졌고, 이해력과 사고력 또한 더욱 높아지고 깊어졌다.

보통사람들은 분당 800자에서 1,000자를 읽지만, 인수는 책을 읽는 것이 아니라 사진 보듯 찍어 보았다.

그러니 글자 수로 따지면 보통사람들이 분당 읽는 글자 수를 초단위로 받아들이는 것이었다.

하지만 인수에게도 이해할 수 없는 부분은 있었기에, 그 부분들을 통째로 메모라이즈를 시키는 과정은 따분하기 그지없었다.

'이건 완전 노가다네.'

엄청난 양이었다.

처음에는 감당하기가 힘들 정도였지만, 꾸준히 쌓아 나갔고 색인을 해 두었다.

필수적으로 해야 할 일이었기에 꾹 참고 해내야만 했다.

가장 즐거운 것은 도서관의 수많은 책들을 통해 국사와 세계사를 다시 익히며 지식을 쌓고, 그 지식을 지혜로 바꾸어 나가는 과정이었다.

이것은 인수에게 있어서 지식이 아닌, 지혜의 척추와도 같은 기능을 해 주었다.

특히 인수는 단테의 신곡을 읽으며 하나의 아이디어를 얻어 냈고, 곧바로 실행에 옮겼다.

그것은 바로 지옥의 창조였다.

환상과 착각을 심어 주는 일루전 마법을 단테의 신곡을 토대로 총 9개로 확장시켜, 악인들의 정신을 가둬 버릴 지옥 9단계 마법을 창조한 것이다.

이 마법에 걸린 악인들이 신곡의 지옥에서 빠져나올 수 있는 유일한 방법은 나쁜 생각을 하지 않으면 되는 것이었다.

하지만 괜찮아졌다고 또 다시 나쁜 생각을 하면 어김없이 해당 지옥의 고통으로 빠져드는 마법이었다.

인수는 악인들에게 어떠한 갱생의 기회를 주는 것이었다.

바쁜 일상을 보내고 있는 인수에게 언제고 닥칠 일이 점점 가까워졌다.

　인수는 회사에서 돌아온 아버지가 조용히 방에 들어가더니 한동안 나오지를 않자, 드디어 올 것이 왔다고 생각했다.

　박지훈은 지금 중국어 공부를 하고 있는 중이었다.

　불행은 박지훈의 중국어 공부에서부터 시작되었다.

　동국반도체는 80%가 중국 자본이었고, 박지훈은 을의 입장에서 불리한 계약서를 작성한 뒤 사업을 벌였지만 제품을 단 한 개도 팔지 못했을 뿐만 아니라 아무런 보상도 받지 못했다.

　동국반도체는 억울한 게 있으면 법대로 하라며 배짱을 부렸고, 변호사는 고액의 수수료를 부르면서도 계란으로 바위치기라고 말했었다.

　악몽의 시작이었다.

　추석 전에 아버지는 계약을 따냈다고 좋아하며 말했었다.

　'더도 말고 덜도 말고 늘 오늘만 같아라.'

　아빠의 목소리가 들려왔다.

　인수는 이미 철저한 조사를 진행해 왔다.

트리니티 레볼루션
Trinity
Revolution 1

172

당시, 상황만 가지고는 정확한 경위를 파악할 수가 없기 때문이었다.

당시 아빠가 4차례에 걸쳐 입금한 4억은 한 사람의 손에만 들어갔다.

몇 놈이 짜고 이익을 챙기기 위해 고의적으로 아빠를 엿먹인 것은 아니라는 것이다.

동국반도체 역시 사업계획을 세웠지만 뜻대로 진행되지 않아 외면하는 과정에서 구매팀장은 뒷돈을 챙겼고 결국 해고되었다.

어쨌든 중요한 것은 향후 10년이 지나도 아빠가 제작한 패키지제품을 사용할 라인은 동국반도체뿐만 아니라 전세계 반도체 시장 그 어느 곳에서도 신설되지 못한다는 것이었다.

그리고 그 모든 손해를 아빠 홀로 떠안아야 했다.

일단 아빠를 어떻게 설득해야 할까?

인수는 이것부터 고민하기로 했고, 아빠에게 우리가족 단합대회를 제안했다.

"뭔 일이야? 캠핑 좋지."

평소 캠핑을 좋아했던 아빠였지만, 인수는 캠핑 따위 관심도 없었다.

항상 영호와 김무열에게 괴롭힘을 당하며 시달렸던 탓에, 모든 게 귀찮았고 시간만 나면 방 안에 혼자 있었다.

그런 아들이 먼저 캠핑을 가자고 하니, 박지훈의 입장에서는 무조건 오케이였다.

◇ ◆ ◇

어느새 여름이 다 지나가고 완연한 가을이 찾아왔다.

낮에는 조금 덥기도 했지만, 밤이 되면 기온이 뚝 떨어졌다.

그래도 야외로 떠나기에는 더할 나위 없이 좋은 날이었다.

금요일 오후.

이 정도면 캠핑마니아 수준이었다.

트렁크에 짐을 척척 싣는 것도 직접 하고 조수석에 올라타 내비게이션을 만지며 아빠를 돕는 아들을 바라보며, 엄마는 저 녀석이 진짜 내 아들이 맞나 싶었다.

억지로 캠핑에 데려가면 뒷좌석에서 말 한마디 없이 전화기만 만지다가 여동생 인혜와 싸우기 일쑤였던 아들이기 때문이었다.

더군다나 오빠가 적극적이니, 인혜도 덩달아서 적극적이었다.

김선숙은 요즘 참 행복했다.

정말이지 더도 말고 덜도 말고 늘 오늘만 같아라, 라는 말이 절로 나왔다.

덩달아 아빠의 사업도 잘 진행되고 있다니 정말 행복했
다.

박지훈도 술에 취해 기분이 좋은지 드디어 인수에게 애
정을 드러냈다.

처음 있는 일이었다.

고기를 굽다가 잘 익은 고기 한 점을 인수의 앞으로 은근
슬쩍 건네주는 것이 아닌가.

그때 인수는 어린 시절 아버지의 숨소리가 들려오는 것
만 같았다.

그렇게도 예뻐해 주셨고 품 안에 끼고 살았다던 아빠의
그 따뜻한 숨소리.

"아빠! 나는! 왜 오빠만 주는 거야?"

박지훈이 화들짝 놀랐다.

"어허, 아빠는 우리 딸 없음 못 살아. 노래 한 곡 해 봐."

"흥치뿡."

인혜가 아빠의 무릎으로 올라왔다.

"야, 너 무거워 이 가시나야! 의자 망가진다!"

엄마가 소리치자, 인수의 입가에 행복한 미소가 번졌다.

어이구, 내 새끼들.

타닥탁탁.

모닥불과 함께 가족들의 사랑도 깊어지는 밤이었다.

인수는 화장실을 다녀오다가 인혜와 마주쳤다.

인혜가 기분이 좋은지, 인수에게 말했다.

"야. 내 친구 소개시켜 줄까?"

인수는 피식 웃었다.

"좋은가 본데? 수연이라고. 춤도 잘 추고 예뻐. 뭐, 노래도 나만큼은 하고."

"수연? 보보?"

"보보? 뭔 소리야?"

"아니야."

"싫다는 거야?"

"아니, 그 말이 아니고."

수연은 보보의 진짜 이름이었다.

◇ ◆ ◇

캠핑을 다녀오고 나서 며칠 뒤, 박지훈은 동국반도체 구매팀장과 첫 번째 미팅을 가졌다.

그 팀장은 중국인을 한 명 데리고 참석했는데, 패키지제품의 품질을 인정받으면 중국 본사까지 진출해 보자는 뜻을 전했다.

물론 동국구매팀장의 통역을 통해 전해 들은 말이었다.

그날 박지훈은 동국반도체 구매팀장의 통역에만 의존해

대화를 나눠야만 했기에, 중국어가 문제라면서 머리를 쥐
어뜯었다.

하지만 더 큰 문제는 그 중국인도 한국어를 모른다는 것
이었다.

◇ ◆ ◇

두 번째 미팅.

인수는 아빠엄마의 대화를 통해 미팅 날짜를 확인했다.

다행히도 오후였기에 수업에 지장이 없어 기회는 이때다
싶어 미팅 장소로 향했다.

동국반도체에서 그리 멀지 않은 곳에 위치한 커피전문점
이었다.

"어, 아빠?"

인수는 우연히 만난 것처럼 아빠 앞에 섰다.

"너 여기 어쩐 일이냐?"

"아, 이쪽에 친구와 약속이 있어요. 밖에 있는데 아빠가
보이잖아요."

박지훈은 재빨리 앞에 앉아 있는 두 사람에게 아들인 인
수를 소개했다.

"하하하. 세상 참 좁네요. 여기서 제 자식 놈을 다 만나게
되다니. 제 아들입니다. 인수야, 인사해라. 여기는 아빠가

이제 납품하게 될 회사 구매팀장님. 그리고 이분은 중국 본사에서 나오신……."

박지훈이 말을 더듬는 그때, 인수가 유창한 중국어를 내뱉으며 인사를 했다.

중국인은 매우 반가운 표정이었고, 동국반도체 구매팀장과 박지훈은 두 눈이 동그래졌다.

인수는 이 중국인이 아빠의 사업과는 전혀 상관없이 이 자리에 나와 있는 사람이라는 것을 확인했다.

중국인과 인수의 대화로 인해, 구매팀장은 옆에서 연신 헛기침을 해 댔다.

미팅이 끝나고, 중국인이 말했다.

구매팀장이 통역을 해 주었다.

"훌륭한 아드님을 두셨다네요."

박지훈의 어깨가 으쓱해지는 순간이었다.

◇ ◆ ◇

집으로 돌아온 박지훈은 인수의 중국어 실력을 아내에게 입이 닳도록 말했다.

"아니, 인수가 어떻게 중국말을 그렇게 잘할 수가 있지?"

김선숙은 참으로 신기했다.

"그런 기분 처음이었어. 밥을 안 먹어도 배가 부르다는

트리니티 레볼루션
Trinity
Revolution 1

말이 뭔 말인지를 알겠더라니까?"

박지훈은 말을 하다가 갑자기 인수의 방문을 노크하고는 들어갔다.

인수는 공부를 하다가 아빠가 들어오자, 이제부터는 진지한 대화를 나누어야 할 시간이라고 생각했다.

"공부하는구나."

박지훈이 웃었다.

하지만 인수는 웃지 않았다.

오히려 정색을 했다.

"아빠."

"왜 그렇게 심각해?"

"이번 계약 포기하세요."

"뭔 소리냐?"

"제가 알아볼 만큼 알아봤어요. 그 구매팀장 완전 노름쟁이에다가 빚쟁이에요."

박지훈은 두 눈만 깜박거렸다.

"그 중국인은 본사에서 나온 사람은 맞는데, 이번 계약과는 아무런 상관도 없는 사람이고요."

"나는 네가 지금 뭔 소리를 하는지 당최 알 수가 없구나."

"물론 동국반도체가 신규 라인을 세울 계획을 구상하고 있는 건 맞아요. 하지만 그 신규 라인에 맞는 패키지제품

입고는 아직 멀었어요. 그 양반이 마침 기회다 싶어 아빠한 테 돈 받아먹으려고 옆구리에 바람 넣고 있는 거고요."

박지훈은 한숨을 푹 내쉬었다.

"아들. 네가 아빠 사업 걱정해 주는 건 고마운데. 어디서 뭘 어떻게 주워들었는지는 모르겠지만, 그러지 마라. 아빠 가 얼마나 꼼꼼하게 준비해 온 사업인데."

인수는 답답해지기 시작했다.

"아빠는 기존 포장재만 열심히 만들어서 지금 거래하는 공장에 그대로 납품하면 돼요. 지금까지 해 오신 대로요. 그게 돈을 더 버는 길이에요. 450은 향후 10년 뒤에도 안 온다니까요?"

"너 정말 그렇게 함부로 말할 거냐? 네 말대로 구매팀장 이 나한테 사기를 쳤다고 쳐! 동국에서는 나한테 100% 손 해배상을 해 줘야 하는 거야."

"그걸 안 해 준다니까요? 법정 소송에서도 못 이기고요! 그 사람 하나 잘리고 우리는 끝장난다고요!"

"하, 정말. 그러니까 넌 하나만 알고 둘은 모른다는 거야. 잘못되면 동국이 왜 나한테 손해배상을 해 줘야 하는지 말 해 줘? 그 구매팀장 근속년수가 15년이야. 10년 이상 근속 실무자의 실수는 곧 회사의 실수이자 책임이라는 법원 판 결도 있어. 그리고 내가 뭐 바보야? 발주확인서가 나와야 나 도 납품을 하든지 말든지 할 거 아냐! 발주확인서의 직인은

180   트리니티 레볼루션
Trinity
Revolution 1

구매팀장 개인 도장이 아니고 동국사업체 대표 직인이고!'

이 정도면 더 이상 까불지 않겠지.

박지훈은 그렇게 생각했다.

"아빠!"

하지만 인수가 소리를 빽 내지르자, 박지훈은 깜짝 놀랐다.

"그렇게 우리 가족 다 길거리에 나앉게 만들고 싶으시면 계속하세요. 아빠는 도망치고! 엄마는 어떻게든 살아 보겠다고 식당일에 공장에서 청소하다가……!"

그때 엄마가 뭔 소란이야, 하며 방문 앞에 도착했다.

빠각.

인수가 꼭 쥐고 있던 볼펜이 부러져 버렸다.

"인혜는 일본으로……!"

인혜도 뭔 일이야, 하며 문 앞에 와 섰다.

"저는 12년이 넘도록……!"

인수는 더 이상 말하지 못했다.

아빠도 도망자의 신세가 좋았을까.

"정…… 진행하고 싶으시다면…… 조금만 더 확인해 보세요. 조금만 더 꼼꼼하게…… 동국이 법원판결에서 이기려고 무슨 짓을 했는지 아빠는 몰라요. 그러니까 피해 보상까지 확실하게…… 못된 놈들은 자기들 뜻대로 안 되면 반드시 무리수를 둘 수밖에 없어요. 그 무리수가 그들을 스스로

망치게 만들고요…… 하지만 아빠가 계속 이런 식으로 하면…… 답이 없어요, 답이. 전 어떻게 하는 게 옳은 걸까요?"

아빠를 팰 수도 없고, 마법으로 조종할 수도 없는 노릇이었다.

인수는 그만 울컥하며 울음이 터져 나와, 밖으로 뛰쳐나가 버렸다.

아들이 없는 방 안.

두 부부와 딸은 우두커니 서 있을 뿐이었다.

그렇게 정적만이 흐르는 그때 그 정적을 깨며 박지훈이 말했다.

"저 녀석이 뭘 알긴 아는 거 같아. 어디 인터넷이나 보고 대충 하는 말은 절대 아냐."

"그러게요. 이번 계약 좀 지켜보는 게 어때요? 우리가 뭐 당장 굶어 죽는 것도 아니잖아요."

"당신이 웬일이야? 평소에 명품, 명품 노래를 부르면서 사람 부추길 때는 언제고?"

"당신 응원한 거죠."

"그런 거야? 흠. 일단 구매팀장에 대해 더 알아봐야 할 거 같아. 이 양반 좀 이상하긴 해. 어제 갑자기 1억을 요구하더라고?"

인수가 말한 무리수였다.

"네? 1억이요? 그 양반 진짜 사기꾼 아니에요?"

"사업 관련 은행 대출 이자도 그렇고, 진행에 지장이 없도록 힘써 준다는 조건이긴 한데……."

옛날 같았으면 급하게 진행된 일이었고, 그러다 보니 시야가 좁아져 전혀 의심을 하지 않았던 일을 투명한 눈으로 보고 있는 박지훈이었다.

"근데, 저 녀석 말대로 앞으로 향후 10년이 지나도 내가 생각하는 라인은 안 깔릴 거 같은 이 기분은 또 뭘까?"

"무조건 깔린다면서요?"

"아냐. 지금은 잘 모르겠어. 확신이 안 서네."

"정말 당신 말대로 우리 인수가 뭔가를 알고 있나 봐요."

엄마의 대답에 인혜도 고개를 끄덕였다.

"오빠가 예전의 오빠가 아니야."

세 사람이 동시에 고개를 끄덕였다.

"오메, 이 가시나가 뭔 일이랴? 저 입에서 오빠라는 말이 다 나오고."

"아, 뭐!"

인혜는 버럭 하며 자신의 방으로 들어가 버렸다.

언제부턴가 오빠가 진짜 오빠 같았다.

그것도 한참 나이 많은 오빠.

친구들과 흔히 하는 말로, 저런 오빠가 내 오빠라면 얼마나 좋아?

따뜻하고, 착하고, 상냥하고…….

공부도 잘하고 내 맘 잘 알아 주고, 나한테 잘해 주고, 돈
도 잘 주고…….

불과 며칠 전까지만 해도 서로 으르렁거리다 못해 남남
처럼 개 무시하며 살았었는데, 이제 슬슬 인수가 그런 오빠
로 느껴지기 시작한 것이었다.

◇ ◆ ◇

인수는 선선한 바람을 맞으며 무작정 걸었다.

슬리퍼에 하얀 반팔을 입었고 누가 보면 잠옷으로 착각
하고도 남을 체크무늬 반바지를 입었다.

수중에는 돈도 없고, 전화기도 없었다.

그렇게 한참을 걷는데, 세영이 미치게 보고 싶어졌다.

인수는 세영의 집을 향해 무작정 걷기 시작했다.

'이런 모습으로 만나면 안 되는데…….' 하면서도 인수
의 발걸음은 세영의 집을 향해 움직이고 있었다.

◇ ◆ ◇

2시간을 걸어 도착한 세영의 아파트 단지.

시간은 이미 12시가 되었고, 아파트는 한산했다.

인수는 세영의 아파트 앞에서 베란다를 올려다보며 한참 동안 서 있었다. 불이 켜져 있었다.

'세영아.'

순간, 서클이 저절로 작동되며 화이트존이 생성되었다.

제멋대로 인수를 벗어난 화이트존은 세영의 아파트를 향해 올라갔다.

이탈.

화이트존의 이탈은 처음이었다.

그때 인수는 자신을 이탈한 화이트존을 통해 타월로 몸을 가린 채 드라이를 이용해 머리를 말리고 있는 세영을 보았다.

잠시 후, 인수는 세영을 만났던 분식점을 향해 걸었다.

분식점은 문을 닫았지만, 돈가스가게는 아직 영업 중이었다.

오토바이가 없는 것을 보아하니, 배달원은 야식 배달을 간 것 같았다.

인수는 분식점 앞을 지나쳐 후문으로 빠져나왔다.

그때 학원 차량 하나가 후문을 통과해 아파트로 들어갔다.

인수는 세영이 집에 있는 것을 방금 막 확인해 놓고도 자기도 모르게 재빨리 차량 실내를 통해 세영이 앉아 있는지를 확인했다.

"내가 왜 이러지."

인수는 머리를 흔들며 후문을 빠져나와 인도를 따라 걸었다.

그때 돈가스가게 오토바이가 편의점 골목 앞에 세워져 있는 것을 보았다.

골목 안, 어두운 곳을 들여다보는 그때였다.

"아, 씨발. 그래서 아직도 말을 못 걸어 봤다고?"

비행 청소년으로 보이는 몇 명의 아이들이 담배를 피우면서 돈가스가게 종업원을 앞에 세워 두고는 손가락으로 배를 쿡쿡 찌르고 있었다.

"나한테 별로 관심이 없는 거 같은데……."

"아, 붕신아. 니가 어때서."

"나…… 가게 들어가야 돼……."

"알았다고. 확, 씨. 일단 내일 세영이 그년 친구들한테 먼저 살짝 귀띔해 봐. 은평 노래방 삼대 삼. 좋네."

그러자 다른 녀석이 킥킥거리며 말을 이었다.

"거기서 맥주 따 주고 한 모금이라도 마시면 바로 사진 찍는 거야. 담임한테 사진 보낸다고 협박하면 다리 안 벌리고 못 배기지."

"좋아, 좋아."

"세영이 그년이 제일 맛있을 거 같지? 내가 먼저다."

녀석들은 신난다는 듯 낄낄거리기 시작했다.

골목 밖, 그 말을 듣고 있는 인수의 한숨이 깊어지고 있었다.

하!

순간 참을 수 없는 분노가 치밀어 올라왔다.

과거의 처참했던 기억들이 더해졌다.

인수의 양손이 쥐락펴락하는가 싶더니, 살아 있는 생물처럼 저절로 꿈틀거렸다.

이제는 개 같은 놈들을 보게 되면 자연스럽게 일어나는 현상이었다.

두들겨 패서 반쯤 죽여 버리고 싶었지만 증거를 남길 수는 없었다.

감정적으로 처리할 일이 아니었다.

인수는 서클을 회전시켰다.

녀석들이 서 있는 곳까지 화이트존이 생성되었다.

이미 놈들을 집어삼킨 화이트존은 직경 3미터를 넘어 5미터까지 뻗어 나간 상태였다.

그때 놈들의 더러운 감정과 기억들이 고스란히 느껴졌다.

초범들이 아니었다.

이미 지체장애 소녀를 상대로 저질렀던 성범죄 장면이 인수의 눈앞에서 생생하게 펼쳐지고 있었다.

지체장애 소녀의 눈물, 비명 소리, 애원하는 소리.

그리고 놈들의 웃음소리.

"개자식들."

인수는 알바를 제외하고, 한 놈씩 신곡 마법을 걸었다.

단테의 신곡을 토대로 창조한 9단계의 지옥 중에서 이놈들에게 어울릴 만한 2번째 계단에 놈들의 정신을 가둬 버린 것이다.

"일루전. 신곡의 2계단이여 발동하라. 스스로 깨우치지 못하면 평생을 지옥에서 벗어나지 못할 지니."

인수의 입에서 주문이 흘러나오자, 놈들이 차례대로 비명을 내지르기 시작했다.

골목 안에서 끔찍한 비명 소리가 울려 퍼졌다.

"크으으…… 이게 뭐야? 여긴 어디야? 저리가! 몸이 왜 이러지? 끄아악! 끄아아아아악!"

"뭐야! 오, 오지 마! 크…… 크허억! 끄아아악!"

"살려 줘! 끄아아악! 끄허어어억……."

지금 놈들은 뜻하지 않는 지옥을 맛보고 있었다.

현실의 1분에 불과하지만, 그들이 느끼는 신곡의 지옥은 자그마치 1년.

쿠르릉, 콰앙!

화산의 분화구가 터지며 분진이 날리는 잿빛하늘 위로 커다란 숫자가 나타났다.

001일부터 365일까지 카운트다운이 시작된 것이다.

1일 차, 흉측하게 생긴 악마들이 사방에서 킬킬 거렸다.

그것도 모자라 세탁기 안에 들어가 물살에 휘말리는 세탁물처럼 온몸이 정신없이 휩쓸렸다.

그 힘은 놈들의 두 다리의 힘을 쭉 빼놓아 버렸다.

여자들을 상대로 못된 생각을 하게 되면 두 다리의 힘이 빠져 버려 제대로 설 수조차 없게 만들어 버린 것이다.

"제발 내보내 줘!"

2일차.

"이제 하루가 지난 거야?"

"안 돼!"

"살려 줘! 제발 살려 줘!"

놈들은 애원하고 울부짖어도 소용없었다.

이 끔찍한 지옥에서 벗어날 수가 없었다.

365일을 꼬박 채워야만 했다.

인수는 쓰러진 상태로 발작을 일으키며 지옥을 맛보고 있는 놈들을 지켜보았다.

이것은 쓰레기 같은 네놈들에게 갱생의 기회를 주는 것이다.

여자들을 상대로 못된 생각을 품지 않으면, 이 지옥에서 벗어나 얼마든지 정상적인 삶을 살아갈 수 있을 테니.

부디 개과천선하라!

카운트다운이 이루어지고 있는 잿빛 하늘에서 인수의 목소리가 신의 음성처럼 울려 퍼졌다.

"왜들 그래?"

그 모습을 지켜보고 있던 알바는 뒷걸음을 치다가 넘어지며 엉덩방아를 찧고 말았다.

1분이 지난 뒤 놈들이 일어섰다.

하지만 눈앞의 세 놈은 다리의 힘이 풀려 제대로 서 있지도 못한 채로 비틀거리고 있었다.

그 다리에는 가운데 다리도 포함되었다.

트리니티 레볼루션
Trinity
Revolution

제6장 수상한 욕망

인수는 일부러 바쁜 시간을 보냈다.

공부에만 집중했고, 방과 후에는 도서관에서만 살았다.

하지만 마음 한편에는 항상 세영이 있었다.

그렇게 일주일을 참았다. 겨우겨우 참았다.

하지만 인수는 더 이상 참을 수가 없었다.

◇ ◆ ◇

세영의 아파트.

인수는 10층을 올려다보았다.

아버지도 설득하지 못하면서, 미래의 장인어른을 어떻게

단시간에 바꿀 수 있을지 걱정이 앞섰다.

하지만 인수는 이미 아버지를 설득했음을 알지 못했다.

박지훈은 일단 이번 계약을 보류하고 있는 상태였다.

눈물의 진심이 전해진 것이었다.

세영의 아파트 베란다를 올려다보고 있는 인수에게 문득 불안감이 엄습해 왔다. 벌레만도 못하다는 표정으로 자신을 바라보았던 김영국의 눈빛.

선 채로 한참을 망설이던 인수는 결국 발걸음을 돌릴 수밖에 없었다.

지금은 때가 아니었기에.

'민아 아빠.'

하지만 편지가 떠올랐다.

'우리 다시 만나면 행복하자? 나 모른 체하기 없기다? 약속.'

인수는 분식점 앞에 서서 어묵을 한 개 집어 들었다.

어묵만으로는 속이 차지 않아 뜨거운 국물을 연속 세 컵이나 들이부었다.

"우아아아아!"

속이 좀 후련해졌다.

인수가 떠난 뒤, 세영과 친구들이 분식점 앞으로 모여들었다.

"너희들 왔어? 어서 와. 아휴, 공부하느라 힘들지?"

아주머니는 오늘 따라 유난히 세영과 친구들을 반겼다.

"네, 아주머니! 배가 너무 고파요. 떡볶이 3인분이랑 순대도 3인분 주세요."

"야, 너무 많아!"

"이 정도는 먹어줘야지."

"아우, 돼지."

"그래. 나 돼지다."

"넌 꼭 집에만 들어가려고 하면 막 먹어 대는 거야?"

"아, 몰라. 배고픈 걸 어떡해?"

"안 돼, 안 돼. 너무 많아. 아주머니, 2인분씩만 주세요."

"아, 내가 다 먹는다고! 3인분씩 주세요."

세영이 활짝 웃었다.

한데 아주머니가 떡볶이를 4인분 내주었다.

"4인분이야. 3인분만 계산해."

아주머니도 세영의 떡볶이 흡입력을 잘 알고 있다.

"음, 맛있어."

세영이 스트레스를 팍팍 풀며 떡을 쉴 새 없이 집어 먹고 있는데 아주머니가 말했다.

"그 뜨거운 국물 잘 먹는 학생 있잖아? 방금 세 컵 연속 들이붓고 갔어."

순간 세영이 흡입을 멈추었다.

"사람이 아니야. 사람이 그럴 수는 없어."

세영의 친구 민숙이 말했다.

"둘이 동급이야."

영희도 한마디 보태자, 세영이 불쾌함을 드러내고 말았다.

"왜 나랑 연관시켜?"

"왜 민감해?"

"맘에 있나 본데?"

"이것들이 진짜."

세영은 친구들의 장난을 무시하고는 순대를 이쑤시개로 푹 찔렀다.

떡볶이의 빨간 양념을 마구 적셔 입안에 넣고는 씹으니 행복해졌다.

"어디로 갔어요?"

세영이 묻고 싶은 말이었으나, 민숙이 대신 아주머니에게 물었다.

"그 학생? 저기 후문."

세영은 후문 쪽을 바라보았다.

그때 손님이 하나도 없는 돈가스가게를 보았다.

그러고 보니 배달하는 알바가 요 며칠 보이지 않았다.

자신들이 여기에서 이러고 있으면 무슨 할 말이라도 있는 것처럼 힐끔힐끔 쳐다보았었는데.

그때 아주머니가 무슨 중요한 말이라도 할 것처럼 손으로 세 사람의 머리를 모았다.

"저 집 알바, 그 배달했던 애 있잖아. 좀 바보 같은 애."

아주머니가 옆집 눈치를 보며 조심스럽게 말했다.

"네?"

"그만뒀대."

뭐라고…….

세영은 무관심하게 떡을 찔렀다.

"근데 있잖아, 그 애 괴롭히던 불량한 애들."

세영은 누구를 말하는지 알고 있었다.

가끔씩 그들이 던지는 추파로 인해 짜증이 난 적이 한두 번이 아니었기 때문이었다.

"그 녀석들 저 집 알바랑 싸우고는 지금 상태가 엄청 안 좋은가 봐. 제대로 일어서지를 못한대……. 무척 심각한가 봐."

"네?"

세영이 깜짝 놀라서 물었다.

"새벽에 응급실에 실려 갔는데, 막 살려 달라고 비명 지르고 난리가 아니었나 봐. 그러다가 또 멀쩡해져서 괜찮다며 뛰어다니다가도 또 갑자기 풀썩 주저앉아 난리고. 저 아줌마가 자기 알바 때문에 경찰이 찾아왔다면서 말해 주더라고."

"저 집 알바가 뭘 어떻게 했는데 그랬대요? 와, 그렇게 안 봤는데?"

"역시 사람은 겉만 보고는 몰라. 겉모습에 속지 마라."

"진짜 센데?"

"아냐. 그게 아닌가 봐. 그 애는 아무것도 안 했다고 주장하고 있대. 그냥 가만히 있었대. 딱 봐도 그럴 애는 아니잖아? 닭 모가지 하나도 못 비틀 게 생긴 애가 무슨…… 그것도 셋이나."

잠시 주위가 고요해졌다.

다들 그럼 뭐지? 하는 표정이었다.

"저 집 아저씨가 한 성질 하거든. 알바가 며칠 동안 연락도 없이 안 나와서 짜증이 나 있었는데, 경찰들이 신고를 받고는 찾아온 거야. 근데 자세한 건 설명도 안 해 주고 알바에 관한 것만 이것저것 묻더래. 그래서 그냥 착한 애라고만 그랬대."

"근데요?"

세영이 호기심 가득한 눈으로 물었다.

"근데 그만둔다고 인사하러 온 거야. 그동안 일한 돈 챙겨 주고 보내려는데, 뭐가 이상하니까 저 집 아저씨가 다시 불러다가 어떻게 된 거냐고 막 추궁했는데. 이상한 소리를 했다는 거야."

다음으로 이어지는 아주머니의 말에 세영은 더 이상 떡

볶이를 먹지 못했다.

세영뿐만 아니라 친구들도 마찬가지였다.

◇ ◆ ◇

엘리베이터 안에서 세영은 아주머니의 목소리를 떠올렸다.

'그 못된 놈들이 세상에 너희들을 노래방으로 데려오라고 계속 협박했대. 아휴, 다음은 차마 말을 못하겠네.'

땡 하고 엘리베이터 문이 열렸다.

'세상에 그 천하의 못된 놈들이 너희들을 노래방에서 만나면 술을 먹이고 사진 찍어서 협박한 다음에 성폭행할 계획이었대. 그 바보 멍충이 같은 놈은 그래도 애가 착해서 못한다고 그랬는데, 근데 갑자기 그 녀석들이 비명을 지르면서 쓰러졌다는 거야. 그 편의점 골목길에서. 저 알바 하는 말이 웃겨. 그래서 벌 받은 거래. 자기는 정말 아무것도 안 했대.'

세영은 정말 알 수 없다는 듯 고개를 흔들며 비밀번호를 눌렀다.

쿵! 하고 문이 굳게 닫혔다.

◇ ◆ ◇

　집에 들어온 인수가 부모님께 인사를 하고 자신의 방으로 향할 때, 인혜의 방문이 열렸다.

　"왔냐?"

　"엉."

　인수가 웃으며 그냥 지나치려는데 인혜의 뒤에서 누군가가 인사를 했다.

　그 얼굴을 본 순간, 온 세상이 다 환해진다는 느낌이 들었다.

　"안녕하세요?"

　미래의 슈퍼 아이돌, 보보.

　각종 통신사와 스마트폰을 비롯해 화장품, 냉장고, TV, 에어컨 모델까지 독식하고 예능 프로그램에서도 맹활약을 하는 대형 스타.

　국민 여동생이 지금 인수의 집에 와 있었다.

　"아…… 응."

　"야, 우리 오늘 파자마 하니까 안방 화장실 써. 옷 대충 입고 돌아다니지 말고."

　"허락받은 거야?"

　"네. 내일 일요일이라서 허락받았어요."

　밝았다. 치아는 희고 가지런했다.

피부는 잡티 하나 없이 투명한 것이 신기할 정도였다.

가까이서 보니 더 예뻤다.

무엇보다 몸매의 비율이 환상적이었다.

'뭐 이렇게 예쁜 애가 다 있지?'

이렇게 생각하는 그때, 수연의 얼굴 위로 세영의 얼굴이 겹쳐졌다.

"애들도 아니고, 무슨 다 큰 애들이 파자마야?"

"우리 할 얘기가 많거든요!"

보보, 수연이 인혜의 팔짱을 끼었다.

기본적으로 상대방의 기분을 좋게 만들어 주는 말투와 인상이었다.

인수는 이래서 대스타가 되나 보다 싶었다.

"알았다. 놀아라."

"네."

인수는 자신의 방으로 돌아왔다.

그때였다.

"……?"

서클이 저절로 회전했고 화이트존이 생성되며 두 사람의 대화가 들려왔다.

"올 오빠 어떠냐?"

"괜찮은데? 키도 크고. 든든해 보이고."

"그게 최근에 갑자기 아저씨 같아졌어."

"아저씨?"

"엉."

수연이 웃었다.

"내가 원래 댄디한 스타일 좋아하잖아. 믿음직스러워 보여서 좋아. 근데, 눈매가 독특한 거 같아."

"무슨 말이야? 눈매가 뭐?"

"음, 날카로운데 선해."

"무슨 말인지 모르겠다. 어쨌든 맘에 든다 이거지?"

"응."

"알았어. 애프터 하라 그러마."

"어우, 야아. 오빠도 날 어떻게 봤는지 물어보는 게 먼저지."

"아, 그런가?"

기가 찰 노릇이었다.

국민 여동생 보보가 내가 괜찮다고 말하고 있다니.

영광입니다.

인기척에 의해 화이트존이 거두어지는 그때 똑똑하며 노크 소리가 들렸다. 아빠였다.

"인수야."

"네, 아빠."

박지훈은 먼저 다가와 인수를 안아 주었다.

"아빠……."

"네 말을 듣기로 했다. 향후 10년까지는 동국에 들어갈 일 없을 테니까, 걱정 마라."

인수는 뜻하지 않았던 아빠의 말에 눈시울이 다 붉어졌다.

"어허, 너 우냐?"

"울긴요. 고마워요. 정말 고마워요."

인수는 아빠를 꼭 안았다.

"아빠가 아들 말을 들어야지 누구 말을 듣겠냐. 근데, 그 자식 본색을 드러내더라. 간이고 쓸개고 다 빼 줄 것처럼 굴더니만, 막 성질을 부리는데 하마터면 패 버릴 뻔했다니까."

인수는 더욱 더 힘껏 아빠를 안았다.

그날 밤.

침대에서 잠을 뒤척이는 인수의 머릿속은 밤하늘의 별처럼 복잡한 감정들로 가득 차 흐르고 있었다.

답이 없는 영원한 질문 하나.

우리의 영혼은 어디에서 와서 어디로 가는 걸까?

거기에는 어떠한 규칙들이 있는 걸까?

그 전생의 기억들이 순차적으로 떠오르는 그때 서클이 저절로 회전했다.

화이트존이 생성되자, 적막한 가운데 각 방의 방문들이

살아 있는 생명체처럼 숨을 쉬었다.

그 숨소리는 영혼처럼 아빠의 숨소리와 엄마의 숨소리 그리고 동생 인혜의 숨소리와 서로 이어졌다.

문득 무서운 생각이 들었다.

그 숨소리가 끊어질 것만 같았다.

그때 인혜의 방문이 호흡이 딸린 폐처럼 공기를 한껏 빨아들이며 활짝 열리는 소리가 들렸다.

그리고 이어지는 발자국 소리.

화장실 불이 켜지는 소리와 함께 인수의 두 눈에 그 빛이 번쩍하며 들어왔다가 순식간에 사라졌다.

찰나의 순간이었지만, 강렬했다.

이윽고 화장실 문이 열리는 소리.

변기 커버가 올라갔고, 아이가 소변을 보는 것처럼 선명하게 떨어지는 소변 소리가 인수의 귀를 자극했다.

콰르르 하며 변기 물이 힘차게 내려갔다.

인수의 심장이 요동치기 시작했다.

순간 하나의 이미지가 떠올랐다.

폭포를 힘차게 거슬러 오르는 연어가 알몸의 수연으로 바뀌는 이미지였다.

잠시 후, 누군가가 인수의 방문을 열자 인수의 폐도 따라서 열리며 공기를 한껏 빨아들였다.

순간 방 안 곳곳, 규칙적이었던 숨소리가 일순간에 흐트러졌다.

인수가 침착하게 심호흡을 하자, 다시 모든 숨소리들이 규칙적으로 바뀌었다.

어둠 속에서 수연은 실루엣처럼 서 있었다.

이건 도대체 누구의 의지란 말인가?

인수는 수연을 똑바로 보았다.

만약에 도망치듯 눈을 돌려 피하면, 이 집 안의 숨소리는 이대로 영원히 끊어져 다시는 들을 수가 없을 것만 같았다.

인수는 침대에서 몸을 일으켜 벽에 등을 기대고 앉았다.

창문을 통해 들어온 달빛이 수연의 몸을 비추었다.

이윽고 수연은 인수의 침대로 들어와 고양이처럼 인수의 무릎으로 파고들었다.

그때 서클이 회전을 멈추었고, 화이트존이 사라졌다.

인수의 무릎에 살포시 머리를 베고 누운 수연은 깊은 잠에 빠져 있었다.

새우처럼 몸을 말고는 새근새근 잠든 수연의 등뼈는 잠옷을 점막처럼 뚫고 나올 것마냥 앙상하게 드러나 있었다.

그렇게 잠든 모습을 한동안 바라보던 인수는 조심스럽게 수연의 머리를 들고는 무릎을 뺐냈다.

다시 수연의 머리를 들어 베개를 고쳐 주고는 몸을 일으켜 침대에서 내려왔다.

목까지 이불을 덮어 주고, 흐트러진 머리카락을 귀 뒤로 정리해 넘겨 주었다.

그때 수연의 얼굴을 오래도록 바라보았다.

보면 볼수록 끌리는 얼굴이었다. 매력적이었다.

그 어떤 남자가 이 아이 앞에서 흔들리지 않을까.

이런 생각을 하며 방을 빠져나와 소파에 오래도록 앉아만 있는데, 다시는 듣지 못할 것만 같았던 숨소리들이 다시 살아나 들려오기 시작했다.

인수는 알퐁스 도데의 〈별〉이라는 작품을 떠올렸다.

초월적인 절대자가 존재한다면, 그런 순수한 영혼을 지켜 나갈 수 있게 도와 달라고 간절히 빌고 싶었다.

그리고 아침이 되어, 옆에 없는 수연이 오빠의 침대에 누워 자고 있는 것을 발견한 인혜로 인해 한바탕 난리가 난 것은 당연한 일이었다.

인혜는 아침을 먹을 때 수연에게 계속 속이 새카만 년이라고 말했다.

"얌전한 고양이가 부뚜막에 먼저 오른다더니. 미친 가시나 같으니라고."

수연은 발개진 얼굴로 고개를 들지 못했다.

"몽유병인가 봐……."

겨우 말하는 수연이었다.

　　　　　　　◇　◆　◇

　도서관에서 오후까지 시간을 보내고, 집으로 돌아오는 길에 인수는 여동생의 전화를 받았다.

　[야……]

　"오빠다."

　[오빠. 어디야?]

　"집 앞. 울 공주가 나를 왜 찾을까?"

　[공주 같은 소리하고 있네. 닭강정 먹고 싶다는데, 사 올 수 있어?]

　"누가? 엄마?"

　[아니. 수연이.]

　어우, 야! 네가 먹고 싶은 거잖아!

　수화기 너머로 당황해하는 수연의 목소리와 함께 인혜의 웃음소리가 들려왔다.

　이것들이 사람 테스트 하나.

　"싫어."

　[에이. 좀 사다 줘. 공주람서.]

　"그럼, 예쁜 짓 해 봐."

　[……뭐냐? 죽을래?]

　"알았다."

　인혜가 전화를 끊으며 집에 다 왔대, 라고 말하는 소리가 들려왔다.

◇ ◆ ◇

　인수가 집에 들어가 신발을 벗는데, 인혜가 문을 열고 나와 반갑게 맞아 주었다. 닭강정을.

"고맙다."

인혜는 봉지를 휙 낚아채 갔다.

"감사합니다."

수연이 뒤에서 수줍게 인사했다.

그때 아들 들어오는 소리에 문을 열고 나오던 김선숙이 닭강정 봉지를 보고는 다짜고짜 인혜와 수연을 나무랐다.

"이 가시나들이 어디서 힘들게 공부하고 들어오는 오빠를 부려먹어?"

"아, 좀!"

"확! 저 가시나가 속들라믄 당당 멀었어! 하루 종일 뒹굴뒹굴! 살쩐담서 밥은 안 처먹고 이런 거에만 환장하고 자빠졌어!"

"아, 진짜! 친구도 있는데!"

"호호호. 너 말고 우리 딸 말이야."

"아, 네……."

수연의 얼굴은 적응하기 참 힘들다는 표정이었다.

딸을 곧 죽일 것처럼 나무라던 김선숙은 아들을 보더니,
두 눈이 하트로 변했다.

"어구어구, 울 아들. 힘들지? 점심은 어떻게 했어?"

"매점에서 대충 먹었어요."

"어구어구, 내 새끼. 언능 씻고 쉬어."

"네."

"야, 우린 들어가자."

인혜가 입을 삐죽거리며 자기 방으로 들어가려다가 인수
를 불렀다.

"오빠."

"응?"

"좀 이따 수연이 공부 좀 가르쳐 줄 수 있어? 이 가시나
공부 드럽게 못하거든."

"어우, 야아······."

수연의 얼굴이 빨개졌다.

"니나 잘해라 이 가시나야. 누가 누굴? 오메 참말로 웃음
밖에 안 나오네."

"아, 쫌!"

인수는 새어 나오려는 웃음을 억지로 참아야만 했다.

그때 수연은 아주머니의 막말에 적응이 안 되어 인수를
슬쩍 보다가 눈이 마주쳤다.

인수가 웃자, 수연도 수줍게 따라 웃었다.

"뭐가 제일 문젠데?"

"네?"

"제일 어려운 과목이 뭐야?"

"아…… 사회요. 전 사회가 너무 어려워요. 말 자체를 이해할 수가 없어요. 그러니 어떻게 공부를 해야 할지……."

"오빠 시간 뺏지 마라."

김선숙이 반대하자, 인수는 웃으며 말했다.

"잠깐만 봐 주죠 뭐. 도움 되면 좋잖아요. 저도 복습도 되고요. 수연아 닭강정 다 먹으면 오빠 방 노크해."

"네, 오빠!"

"어구어구, 내 강아지. 세상에 이런 오빠가 어디 있을까?"

"아, 하하…… 엄마."

인혜가 토라진 얼굴로 방으로 들어가자, 수연도 황급히 인사를 하고는 따라 들어갔다.

똑똑똑.

노크 소리가 들려왔다.

인혜에게 온 문자를 확인하던 인수는 방문을 열어 주었다.

수연이 서 있었다.

"오빠, 저 왔어요."

"어서 들어와."

-수연이가 가정 형편이 안 좋아서 과외를 못해. 그러니까
오빠가 잘 좀 알려 줘.-

인수는 그 화려한 스타인 보보의 가정 형편이 어려웠을
것이라는 생각은 단 한 번도 해 보지 못했었다.

그런 어려움을 이겨 내고 대스타가 되었다니, 참으로 대
견해 보였다.

수연은 필기구와 사회노트를 가지고 들어왔다.

인수는 몸을 일으켜 자신이 앉고 있던 의자를 내주었다.
수연이 앉자 그 옆에 섰다.

"내가 뭘 도와줄 수 있을까?"

"어…… 오빠. 제가 교육방송 강의를 듣고 있는데요. 민
주주의 바다에서 허우적거리고 있어요. 말이 너무 어려워
서 하나도 알아들을 수가 없어요. 주권재민, 통치권력 이런
말이 도대체 무슨 말인지……. 진짜 하나도 모르겠어요."

수연은 말해 놓고도 자기가 한심하다는 듯 웃었다.

"그러면 외우는 수밖에……."

"네?"

"방법이 없어. 무조건 외워야지."

"외워야 돼요? 이걸 다요?"

"응."

"오빠가 잘 좀 설명해 주시면 안 될까요?"

"내가 설명해 봐야 교육방송 강사들보다 훨씬 못해."

"그래도……."

인수는 수연의 정수리를 내려다보며 생각했다.

어차피 공부와는 거리가 멀어 담을 쌓고 춤추고 노래연습만 하는 아이였다.

충분히 잘하는 게 있고 그 길로 대스타가 되는데, 안 되는 공부를 억지로 할 필요가 있을까 싶었다.

"괜찮아. 수연이 너는 춤도 잘 추고 노래도 잘한다면서."

"네, 오빠! 전 춤추고 노래할 때가 제일 좋아요!"

"춤은 한 번만 보면 다 따라하고?"

"맞아요!"

"그런 재주가 있는데 뭐하러 힘들게 공부해. 그냥 하지 마. 공부하지 마."

"나중에 무시…… 당하지 않을까요?"

"무시당하지."

"그러니까 공부할래요!"

"그럼 외워. 달달달."

"아……."

수연은 책상에 머리를 묻으며 탄식을 내뱉었다.

"이걸 어떻게 다 외워요…… 힝."

어리광을 부리는 수연이었다.

그 모습을 보고 있노라니, 수연의 머리에도 메모라이즈를 시켜 주고 싶은 생각이 들었다.

그때 갑자기 수연이 머리를 번쩍 들었다.

인수를 똑바로 바라보는 눈망울과 얼굴이 참 예뻤다.

"오빠."

"응?"

"다음 주 일요일에 뭐하세요?"

"뭐, 도서관에 있겠지?"

"영화 보러 가실래요?"

인수는 대답 대신 웃고 말았다.

일요일 아침부터 수연에게 전화가 걸려 왔다.

[오빠 오늘 약속 잊지 않으셨죠?]

"어, 나갈게."

인수는 동네 멀티플렉스에서 만나기로 한 뒤 전화를 끊고는 샤워를 했다. 밤색 스웨터를 입는데 세영이 생각났다.

밤색 스웨터는 세영이 자신에게 입혀 주고 싶어 했던 옷이었다.

현관에서 거울을 보고 있는데, 뒤에서 유심히 지켜보고 있던 김선숙이 한마디 던졌다.

"어째 넌 갈수록 아저씨 같냐? 맨날 옷이 그게 뭐야?"

"옷이 어때서요? 예쁘기만 하구만."

"이쁘기는. 니 눈엔 그게 이쁘냐? 아저씨 냄새가 풀풀 나잖아. 엄마가 사 준 옷 입어."

"싫어요."

"아우 애가 갑자기 겉늙어가지고는 센스가 없어. 어? 너 요즘 누구 사귀어?"

"네. 부잣집 딸입니다. 됐습니까?"

"어머! 어머! 누구야? 사진 있어? 함 봐 봐. 엄마 좀 보여 줘 봐. 응? 좀 보여 줘 봐. 언제 사귄 거야? 예뻐? 몇 학년인데?"

"엄마. 천천히, 천천히."

"사진 있구나! 봐봐. 어디 보자? 엄마가 딱 보면 알아."

인수는 또 엄마의 양쪽 볼을 두 손바닥으로 움켜쥐었다.

김선숙은 입술이 앵무새부리처럼 변해서도 계속 떠들었다.

"아 좀 보여 줘 봐. 거 되게 비싸게 구네? 어떻게 만났어? 누가 먼저 사귀자고 그랬어?"

쪽쪽쪽.

인수는 그 입술에 뽀뽀를 날려 주었다.

"아우, 애가 좀!"

"조만간에 집에 데리고 올게요. 저 다녀올게요!"

"안 돼! 너 못 나가! 너 사진 안 보여 주면 못 나가!"

김선숙은 인수의 스웨터를 붙잡고 늘어졌다.

"아, 옷 늘어나요!"

인수가 소리치자 김선숙은 홱 토라졌다.

"이 옷도 그 가시나가 사 주디?"

"네."

"그럼 그렇지. 센스가 영 떨어지는 거 보니까 못 생겼어."

"엄마보다 예쁘거든요?"

김선숙은 기분이 확 상하고 말았다.

자식새끼 키워봐야 아무 소용없다는 말이 지금 이럴 때 딱 맞는 말이었다.

"나가! 겨 들어오기만 해 봐!"

"하, 진짜 엄마는."

"뭐!"

"엄마."

"아, 뭐!"

"엄마는 왜 늘 화가 나 있어요?"

"시끄러!"

인수는 또 두 손바닥으로 엄마의 양쪽 볼을 붙잡았다.

김선숙의 입술이 앵무새부리처럼 모아지자, 그 입술에 뽀뽀를 또 세 번 날려 주었다.

박력 있게.

쪽쪽쪽.

한데 그것이 화근이었다. 이제는 안 통했다.

"너 그 가시나한테도 이러냐?"

인수는 재빨리 도망칠 수밖에 없었다.

"다녀오겠습니다."

"일찍 들어와!"

"넵!"

인수는 엄마를 향해 활짝 웃으며 손을 흔들어 주었다.

엄마도 치, 하며 웃을 수밖에 없었다.

◇　◆　◇

엘리베이터에서 내려 밖으로 나가 하늘을 보니, 우중충한 것이 금방이라도 눈이 내릴 것만 같았다.

2003년.

첫눈이 언제 내렸더라.

기억을 더듬어 보던 인수는 12월 8일 아침부터 첫눈이 내리기 시작했던 것을 똑똑히 기억해 냈다.

"놀라운데."

인수는 이걸 기억해 내는 자신이 스스로 놀라웠다.

집중하면 언뜻 보았던 로또번호와 날짜까지도 떠올릴 수 있을 것만 같았다.

하지만 세영과 함께 맞이했던 첫눈이 또 떠올라 마음이 아파 왔다.

'무슨 생각해?'

'그냥…… 첫눈 보니까 묵은 감정들이 다 날아가는 거 같아서.'

첫눈이 내리던 그날, 우울한 눈빛으로 하늘을 올려다보며 애써 웃어 보이던 세영을 생각하니 마음 한편이 또 아련해져 왔다.

그때 핸드폰이 울렸다.

"여보세요?"

[나야. 유정이.]

목소리를 듣는 순간, 화장품 냄새가 코를 찔러 왔다.

기분이 확 잡쳐 버렸다고나 할까.

"너 나한테 전화하지 말라고 그랬지?"

[……]

"끊어."

[아 전화 좀 하면 안 돼?]

"그래, 안 돼. 하지 마."

[내 기분…… 좀 생각해 주면 안 돼?]

"넌 혼자서도 잘해."

[……?]

인수는 전화를 끊어 버렸다.

트리니티 레볼루션
Trinity
Revolution

제7장 〈JYJ〉의 탄생

전화를 끊은 유정이는 교복 차림이었다.

인수 때문에 한숨을 푹 내쉬었다.

전화기를 호주머니에 쑥 집어넣고는 앞을 보자, 청소년
보호관찰소 나무 간판이 보였다.

"이 미친 변태 새끼가 이제는 일요일도 없이 사람 부르
고 지랄이야."

"일부러 교복 입은 거야?"

유정이가 욕을 내뱉으며 말하는 그때, 옆에서 한 뚱뚱한
남자애가 유정이에게 물었다. 윤철이었다.

"저 변태 새끼 교복이라면 환장하거든."

"잘했네. 근데, 인수는……"

"바쁜데."

씨발…… 이라는 뉘앙스를 뒤에 남기고 있는 유정이었다.

"너 인수 좋아하냐?"

윤철이가 대뜸 묻자, 유정이가 휙 노려보았다.

"닥쳐, 이 뚱땡아. 그 아가리를 찢어 버리기 전에."

"내가 전화해서 자초지종을 설명할걸 그랬나? 위험하지 않겠어? 그래도 인수가 있으면……."

"아, 됐어. 이거면 충분해."

유정이 한쪽으로 매고 있던 가방을 양쪽으로 단단히 맸다.

"가라. 너는 가서 준비나 해."

"그래. 준비되면 전화 줄게."

"알았어."

윤철이가 뒤돌아 골목길을 돌아나가자 유정이는 보호관찰소 간판을 노려보며 숨을 깊게 들이마셨다.

◇ ◆ ◇

윤철이는 PC방으로 들어가 자리를 잡고 앉은 뒤, 유정이에게 전화를 걸었다.

"됐어. 들어가."

[오케이.]

유정은 전화를 끊고는 정문을 살짝 밀었다.

철문이 살짝 열려 있었다.

"미친 새끼."

유정은 정문을 통과해 소장실로 향했다.

똑똑.

문 앞에 서서 치마를 살짝 올려 허벅지를 더욱 노출한 뒤, 노크를 했다.

후 .

유정은 자기도 모르게 숨을 다시 깊게 들이마셨다.

그때 안에서 대화를 나누는 소리가 들려와 유정은 살짝 문을 열어 보았다.

소장은 일요일에도 자식 걱정으로 찾아온 학부모와 상담 중이었다.

"아이고, 아버님 어머님. 걱정 마십쇼. 은희도 그렇고 여기 아이들 죄다 제 아들이고 딸 아니겠습니까? 제가 은희를 보면 친아빠처럼 마음이 애틋합니다. 곧 학교로 돌려보낼 테니까 염려 붙들어 매십쇼."

"죄송합니다. 아비 되는 사람으로서 정말 면목이 없습니다. 소장님만 믿고 따르겠습니다."

"네. 걱정 마시고 그만 들어가 쉬세요."

"감사합니다."

부부는 소장에게 꾸벅 인사를 하고는 문을 열고 나오다가 유정과 눈이 마주쳤다.

유정이 자신의 딸처럼 느껴졌는지, 걱정스러운 시선을 보내더니 복도를 걸어 밖으로 나갔다.

그러면서 두 사람은 소장이 정말 좋은 사람이라 다행이라고 말했다.

그런 두 부부의 뒷모습을 바라보고 있는 그때 안에서 목소리가 들려왔다.

"들어와."

문을 열고 들어가자, 소장의 뒷모습이 보였다.

중앙에 위치한 접대용 소파에 몸을 절반 눕힌 소장은 탁자에 발을 올린 상태로 벽걸이TV를 통해 축구 중계를 보는 중이었다.

그러면서 이놈의 학부모들은 일요일에도 사람 귀찮게 찾아온다며 구시렁거렸다.

"뭐해? 이리 와 앉아."

소장은 뒤를 힐끔 돌아본 뒤, 자신의 옆자리를 탁탁 쳤다.

그 잠깐 사이에도 소장의 두 눈은 유정의 치마 밑으로 내려갔다.

"게임할래요."

유정은 후드 집업의 지퍼를 내리며 소장의 집무책상으로 몸을 옮겼다.

의자를 빼낸 뒤 등받이에 후드 집업을 벗어 걸치고는 앉았다.

"켜졌어요?"

"아니. 켜."

소장은 뒤돌아보지 않고 대답했다.

침을 꿀꺽 집어삼키는 소리가 들려왔다.

유정은 컴퓨터의 전원 버튼을 눌렀다.

부팅이 완료되자, 가방을 열어 웹캠을 꺼내 USB포트에 연결했다.

카메라는 책 사이에 숨겨진 상태로 소장의 뒤통수를 노렸다.

이미 IP를 확인해 윤철에게 넘긴 상태였다.

이제부터는 윤철이 원격조종으로 이 컴퓨터를 조작해 웹 캠프로그램을 깔고 촬영을 시작할 것이었다.

유정이 윤철을 알게 된 것은 소장을 상대로 단단히 엿을 먹일 계획을 구상하던 중이었다.

동시에 이 더러운 늪에서 빠져나와야만 했다.

그래서 유정은 소장이 자신을 성추행하는 장면을 몰래 촬영하기로 마음먹고 자신을 도와줄 수 있는 사람을 물색하기 시작한 것이었다.

그림자처럼 따라다니는 똘마니 둘은 전혀 도움이 되지 않았다.

컴퓨터를 잘 아는 사람을 물색하던 중 윤철이 그 분야에 독보적이라는 사실을 알게 되었다.

그래서 윤철에게 단지 어떤 장소에서 몰래카메라의 사용이 가능한지를 물었는데, 그 방법을 알려 주었을 뿐만 아니라 동참하겠다고 나선 것이다.

결국 유정은 윤철에게 모든 사실을 털어놓았다.

윤철은 분개했다.

"이거야말로 내가 나서야 할 일이네!"

하지만 만일을 대비해 깡 좀 있고 싸움 좀 할 줄 아는 친구가 한 명 더 필요했다.

가장 먼저 떠오른 사람이 인수였다.

그래서 윤철은 유정에게 인수도 함께하기를 제안했다.

하지만 유정은 보기 좋게, 아니 당연하게 사연을 설명할 기회조차 없이 거절당한 것이었다.

모든 준비가 끝나자, 유정은 소장의 뒤통수에 가서 섰다.

"더 하지 그래? 축구 끝나려면 멀었는데?"

"저 오늘은 그냥 보내 주시면 안 돼요?"

유정의 뒤에서는 웹캠의 렌즈가 반짝 빛났다.

"게임하기 싫으면 이리 와 앉아."

소장은 뒤도 돌아보지 않고 자신의 옆자리를 탁탁 쳤다.

"싫어요."

유정이 단호하게 대답하자, 소장은 고개를 홱 돌리며

벌떡 일어섰다.

소파를 돌아 나와 유정이 앞에 선 소장.

쫘아악!

곧바로 그 두꺼운 손바닥이 날아와 유정의 뺨을 날려 버렸다.

유정의 고개가 홱 돌아간 것도 모자라 맥없이 바닥에 널브러졌다.

유정은 재빨리 골반까지 올라간 치마를 붙잡아 내렸다.

코에서 액체가 흘러나와 코를 훔쳐 보니, 새빨간 피가 묻어 나왔다.

"싫어? 이 개만도 못한 년이 누구 덕분에 자유를 누리고 있는데. 싫어? 보호소 다시 보내 줄까?"

"살려 주세요!"

유정이는 두 손을 모아 싹싹 빌었다.

"야 이년아! 너 학교 짤리고 보호소 다시 들어가고 싶어? 학교장한테 보고서 보낼까?"

"아니요. 계속 다니고 싶어요. 친구들이랑 헤어지기 싫어요."

"그러니까. 그러니까 내 말을 잘 들으라고 이년아."

유정이 울면서 몸을 일으켰다.

소장은 유정의 코피를 외면하고는 다시 소파로 돌아가 몸을 눕히고는 탁자에 발을 올렸다.

이리 오라고는 말하지 않았다.

이제는 유정이 알아서 다가와 옆자리에 앉을 테니까.

하지만 유정은 옆으로 다가오지 않았다.

여전히 그 자리에 서 있을 뿐이었다.

소장이 다시 자신의 옆자리를 손바닥으로 툭툭 쳤다.

"싫어요."

"후!"

소장이 한숨을 푹 내쉬더니 다시 몸을 일으켰다.

소파를 돌아 나와 유정의 앞에 서서 얼굴을 들이댔다.

"너 오늘 왜 이래? 나 시간 없어. 조금 있다가 학부모 상담 또 잡혀 있단 말이야. 말 좀 들어라."

소장은 유정의 턱을 붙잡고는 헛바닥을 뱀처럼 날름거리더니 유정의 코에서 흘러나온 피를 핥았다.

유정이 질색하며 고개를 옆으로 돌렸다.

그때 탐욕스러운 눈동자가 떼구루루 굴러 유정의 가슴골을 내려다보는가 싶더니 서서히 두 손을 뻗어 왔다.

유정은 몸을 움츠렸다.

소장의 두 손이 가슴에 닿았다.

"안 돼요!"

"안 되긴 뭐가 안 돼 이년아!"

부아아악! 투두두둑!

소장은 우악스럽게 흰색 블라우스를 양쪽으로 붙잡고

뜯어 버렸다.

뜯겨져 나간 단추가 바닥을 굴렀다.

"까악!"

유정이 두 팔을 교차해 가슴 부위를 가리며 비명을 내질렀다.

그러자 소장은 이제 유정의 치마 속으로 손을 넣었다.

"하지 마세요!"

유정이 그 손을 뿌리치며 반항하다가 뒤로 넘어졌고, 속옷 대신에 치맛자락을 붙잡은 소장이 그 손을 놓지 않는 과정에서 치마 옆단이 부욱 하며 찢어졌다.

"에이 진짜, 요즘 애들은 왜 이렇게 교육이 안 되는 거야?"

소장은 넘어져 있는 유정의 얼굴 앞에서 주섬주섬 가죽 혁대를 풀더니, 바지를 벗고는 바지에서 혁대를 쭉 뽑아냈다.

"퉤!"

소장의 두 다리는 새카만 털로 뒤덮여 있는 것이 더러웠다.

유정은 인상을 찌푸렸다.

소장은 손바닥에 침을 뱉어 바른 뒤, 가죽 혁대를 감아 잡았다.

"지금부터 올바른 훈육을 해 주마! 사랑의 매야, 사랑의 매."

소장은 채찍처럼 혁대를 내리쳤다.

유정은 연속 4대를 맞았다.

다섯 번째 내리치려고 할 때였다.

유정은 도저히 열이 받아 참을 수가 없었다.

"아, 씨발! 더러워서 못 해 먹겠네."

유정은 찢겨진 블라우스를 확 벗어 제쳤다.

하얀색 아디다스 탱크톱 브라와 함께 어깨와 가슴을 잇는 근육이 새의 날개처럼 선명하게 드러났다.

복부는 일명 군살이 하나도 없는 11자 복근을 유지한 상태로 매끈했다.

"어라?"

갑자기 돌변한 유정을 보며 소장이 두 눈을 동그랗게 뜨는 그때 전화기가 울렸다.

유정이 전화를 받았다.

"아, 왜?"

[그렇게 불량한 자세는 곤란해. 좀 더 가련하게.]

"충분하잖아? 나 지금 위 아래로 다 털린 거 안 보여?"

[뭐 그렇긴 한데.]

"너도 지금 앉아서 즐기냐? 지금부터는 그냥 삭제하면 되잖아."

[그러자고. 이제부터는 하고 싶은 대로 해 봐.]

"알았어. 전화기 계속 켜 둬."

유정은 고개를 좌우로 젖히며 몸을 풀었다.

"야, 이 미친 변태 새끼야."

몸을 푼 유정이 소장을 향해 비웃으며 말했다.

그러자 소장은 동그란 두 눈을 깜박거렸다.

"이년이 미쳤나?"

"넌 이제 끝났어, 이 븅신아."

소장은 유정이 미쳤다고 생각했다.

"이거나 봐."

유정이 뒤돌아 모니터를 앞으로 휙 돌렸다.

"처음으로 돌려."

유정이 전화기에 대고 말하자, 모니터의 화면이 바뀌며
동영상이 재생되었다.

음성도 똑같이 흘러나왔다.

동영상을 지켜보는 소장의 두 눈이 더 이상 커질 수가 없
을 정도로 커져 버렸다.

"봤냐?"

"이… 이런, 미친년이!"

"이거 경찰서랑 사회부 기자들한테 뿌릴 거야. 네 가족에
게도. 가족들 앞에서 천사 같은 가면이 벗겨지면 어떤 반응
을 보일지 정말 궁금하네. 악마를 보았다? 뭐 이런 표정일
까?"

"이 빌어먹을 년이!"

이성을 잃은 소장이 죽일 듯 달려들었다. 유정은 날렵한 몸을 날려 책상 뒤로 몸을 피했다.

책상을 중심으로 소장이 오른쪽으로 돌면 왼쪽으로 피했고, 다시 소장이 왼쪽으로 돌아오면 오른쪽으로 돌기를 반복했다.

참다못한 소장이 그 육중한 몸무게를 무릅쓰고 책상을 밟고 올라서자, 유정은 재빨리 가방을 집어 들고는 소파 쪽으로 몸을 날렸다.

유정은 일부러 소장이 보는 앞에서 전화기를 가방 안에 집어넣고는 손을 빼지 않았다.

그 손은 가방 안에서 다른 물건을 찾고 있는 중이었다.

"너 이년 잡히기만 해 봐라!"

소장이 책상에서 뛰어내려, 소파로 달려들었다.

곧 유정의 머리칼을 움켜잡았다.

귀싸대기를 날려 버리려는 그때였다.

빠지지직!

유정은 가방에서 전기 충격기를 꺼내 들고는 그대로 목에 지져버렸다.

그 한 방에도 소장은 기절하지 않았다.

뒤로 벌러덩 자빠지기만 했을 뿐이었다.

"이년······!"

빠지지직!

유정은 다시 소장의 허벅지에 대고 지져 버렸다.

전기가 새카만 털을 다 태워 버리는 것만 같았다.

소장은 그대로 혀를 내밀고는 눈이 돌아간 상태로 기절하고 말았다.

"후!"

가방에서 전화기를 다시 꺼내 들자, 브라보! 소리가 들려왔다.

유정이 정신을 수습하고는 소장을 보자, 마치 새카만 돼지가 큰대자로 벌러덩 자빠져 있는 것처럼 보였다.

"변태 돼지 새끼."

유정은 소장의 옷을 모두 벗겼다.

하나도 남김없이 모두 벗겼다.

그리고는 가슴에 매직으로 촘촘하게 문구를 작성했다.

-나는 당신들의 딸을 성폭행하는 미친 변태 돼지 새끼입니다.-

가방에서 윤철이에게 받은 타이를 꺼내 소장의 손발을 뒤로 모아 묶었다.

하나로는 양이 차지 않아 타이를 열 개나 사용해 묶어 버렸다.

그런 다음 스트링을 꺼내 목을 묶고는 책상을 밟고 올라가 천장의 스프링클러에 묶었다.

"드럽게 무겁네."

다음으로 유정은 두 손을 스트링으로 묶은 다음 등을 밟고 쭉 잡아당겨 벽걸이TV 거치대에 묶었다.

마지막 두 발을 묶은 스트링은 좌우를 두리번거리다가 적당한 곳을 찾았다.

"딱 좋네."

탁자 위에 소장이 애지중지하며 키웠던 난초 화분이 있었다.

유정은 스트링을 화분에 코일처럼 감은 뒤 탁자 다리에 단단히 묶었다.

정신을 차리고 이 제압에서 벗어나려면 저 화분을 박살내야 할 것이었다.

아니면 그전에 상담이 약속된 학부모가 찾아오면 잘 풀어 주겠지.

유정은 가방에서 검정색 아디다스 레깅스를 꺼내 찢어진 치마 밑으로 입었다.

레깅스 밖으로 치마를 벗어 가방에 담았다.

컴퓨터 USB포트에서 웹캠을 분리하려는 그때, 모니터 화면에 자신의 얼굴이 가득 차 있는 것을 보았다.

윤철이가 레깅스를 갈아입는 모습을 보고 있다는 생각에 유정은 웹캠에 입술을 맞추었다.

쪽.

"저장됐어?"

[오케이.]

"좋아."

웹캠을 분리해 가방에 담았다.

찢겨진 블라우스도 주워 담았다.

유정은 의자 등받이에 걸쳐 둔 후드 집업을 입고는 지퍼를 목 끝까지 올린 뒤 후드를 눌러썼다.

가방을 등에 매고 문을 열고 나가려다가, 다시 안을 둘러본 유정.

"용돈 필요하면 찾아올게."

유정은 씩 웃으며 문을 닫고 밖으로 나갔다.

◇ ◆ ◇

보호관찰소 정문을 빠져나온 유정은 주위를 두리번거렸다.

윤철이 골목길을 돌아 나오며 모습을 드러냈다.

유정을 향해 엄지척을 하며.

"몸매 말이야."

윤철은 휘파람을 부는 것처럼 입을 모았다.

레깅스를 통해 잘 빠져 보이는 유정이의 다리로 시선이 저절로 내려갔기 때문이었다.

"레깅스 뚫어지겠다. 이 자식아."

유정이 웃으며 주먹으로 윤철의 어깨를 쳤다.

"아!"

윤철은 엄청 아프다는 듯 어깨를 비비며 엄살을 떨었다.

"근데 이거 진짜 사회부 기자들한테 뿌릴 거야?"

"용돈 안 주면."

"아, 독한 년."

"봐서 이놈 가족들도 건드릴 거야. 그러게 왜 날 건드려."

"난 잘 봐주라."

"뭐. 앞으로 하는 거 봐서."

유정이 눈을 돌려 윤철을 보았다.

"자식. 다시 보니까 제법 귀여운 구석이 있는데?"

윤철이 웃으며 USB를 건네주었다.

"덕분에 재미있었어. 좋은 경험이었다고."

유정이 윤철에게 받은 USB를 가방 앞주머니에 집어넣고는 손을 내밀어 악수를 청했다.

윤철이 슬램덩크를 하고 난 것처럼 그 작은 손을 잡아 악수하고는 주먹을 내밀자 그 주먹에 유정이 정면으로 주먹을 마주쳤다.

윤철은 PC방에서 녹화되는 동영상을 단지 구경만 하고 있지 않았다.

유정에 대해 알고 싶어 그 잠깐 사이에도 실력을 발휘해 신상을 털기 시작했고, 우연히 엄청난 사실을 접하고는 깜짝 놀란 상태였다.

"아빠가…… 서한철이었어?"

윤철의 입에서 튀어나온 말이었다.

◇ ◆ ◇

영화를 보고 나온 인수와 수연은 한참을 떠들며 걸었다.

수연은 검정색 야구 모자를 쓰고 있었는데, 귀밑으로 흘러내린 머리카락과 뒤로 빼서 묶은 머리가 잘 어울렸다.

인수는 그런 수연을 보며 세영을 생각했다.

세영은 모자라면 질색이었다. 답답해했다.

"오빠도 한번 써 볼래요?"

수연이 모자를 벗어 인수에게 씌워 주었다.

"잘 어울려요."

"그래?"

하지만 인수는 모자를 벗어 다시 건네주었다.

"그냥 오빠 쓰세요. 정말 잘 어울려요."

"아냐."

인수는 수연의 머리에 모자를 푹 눌러 씌워 주었다.

콧잔등을 찡그리는 모습이 귀여웠다.

두 사람은 다시 말없이 걸었다.

한참을 그렇게 무작정 걷다 보니 재개발구역에 들어와 있었다.

인수의 발이 멈추었다.

현장의 경찰들과 철거를 반대하며 농성을 벌이고 있는 이들을 바라보던 인수는 세영의 말을 떠올렸다.

'고1 겨울방학 전이었을 거야. 아빠가 재개발사업에 뛰어든 뒤로 집에 이상한 사람들이 자주 찾아왔었어.'

갑자기 말이 없어진 인수로 인해 수연은 '내가 뭘 잘못했나?' 하는 생각이 다 들었다.

재개발현장에서 벗어나 정류장에서 버스를 기다리는 동안에도 인수는 말이 없었다.

"어, 버스 왔어요."

버스가 도착했건만, 인수는 여전히 생각에 잠겨 있었다.

"오빠?"

버스에 올라타려던 수연이 뒤를 돌아보았다.

인수가 우두커니 서 있었다.

"조심히 들어가."

"네? 오빠는 어디 가는데요?"

"나 잠깐 가 볼 곳이 있어서. 먼저 가."

"잠깐만요."

그때 수연이 모자를 벗어 인수에게 씌워 주었다.

"……?"

"사실 오빠 주려고 샀어요."

수연이 활짝 웃어 보였고, 때마침 버스가 출발했다.

자리를 찾아 앉은 수연은 창밖으로 점차 멀어지는 인수의 모습을 쫓았다.

인수는 손을 들어 택시를 잡고 있었다.

"안남시 제2구역이요."

택시에 올라탄 인수가 모자를 눌러쓰며 말했다.

◇ ◆ ◇

안남시 제2구역.

김영국은 직원 몇 명과 함께 현장을 둘러보는 중이었다.

"과장님. 저 집 음식이 그렇게 맛있다죠?"

여직원이 말하자, 김 과장이 눈을 부라리며 김영국의 눈치를 살폈다.

김영국이 식당 앞에서 간판을 올려다보았다.

〈남도식당〉

"여기서 삼 대째 영업했으면 많이도 했네……."

김 과장은 말끝을 흐렸다.

김영국의 눈치를 보며 여직원을 향해 또 다시 두 눈을 부라렸다.

가시나가 속이 없다는 듯.

김영국은 불편한 얼굴로 식당에서 눈을 돌렸다.

소문난 맛집이라 손님들이 문 밖에서 줄을 서고 기다리고 있었다.

하지만 보상 문제로 인해 유리창에 붙어 있는 플래카드.

-고작 3개월 치 영업 손실비가 보상이라니! 3개월 뒤에 죽으란 말인가!-

"저 집 인테리어 비용만 1억이 넘었다던데."

여직원은 여전히 정신을 못 차리고 있는 것인지, 아니면 정의감이 발동되고 있는 것인지 그 저의를 알 수가 없었다.

김 과장이 두 눈을 부라리다 못해 소리 나지 않게 입술을 움직여 확, 하며 여직원의 입을 막았다.

여직원은 여전히 '내가 뭘?' 하는 표정이었다.

발걸음을 옮기던 김영국은 옆에 주차되어 있는 〈남도식당〉이라는 로고가 새겨진 승합차를 보았다.

트렁크 유리창에 새빨간 래커스프레이로 해골바가지가 그려져 있었다.

그때 딱 봐도 건달들로 보이는 다섯 명의 남자들이 식당 쪽으로 다가왔다.

"갑시다."

검정색 양복을 깔끔하게 차려입은 건달들은 소문난 맛집 음식을 먹기 위해 줄을 서고 있는 손님들에게 직접적인 시비를 걸지는 않았다.

하지만 그들은 존재만으로도 위화감을 조성했다.

위축된 사람들을 그대로 통과해 식당 안으로 들어간 건
달들.

"사장님?"

식당 주인을 찾는 건달의 덩치가 남산만큼 컸다.

목소리도 우렁찼다.

사람들의 시선이 일제히 몰리는 그때 환갑을 넘어 보이
는 식당 주인이 나섰다.

"일단 나갑시다. 나가서……."

"시간을 충분히 드렸는데, 그동안 고민을 전혀 안 하셨
네요?"

"고민은 뭔 고민! 못 나간다고 분명 말했잖아!"

"알겠습니다. 뭐 정 그러시다면."

말을 끝낸 건달이 바로 앞 손님들이 먹고 있는 테이블을
뒤집어 버렸다.

한바탕 요란한 소리가 울려 퍼지자 손님들이 깜짝 놀라
서 일제히 소리를 지르며 일어났다.

"야 이놈들아! 이게 뭐하는 짓이야!"

"다 엎어!"

건달은 사장의 말에는 대꾸조차 하지 않고 부하들에게
명령했다.

쿠당탕! 와장창!

남도식당을 중심으로 연합한 세입자들이 제대로 된 보상을 요구하고 나선 뒤부터, 건달들이 쫙 깔렸다.

툭하면 찾아와 음식에 머리카락이 들어 있다는 등 벌레가 들어 있다는 등 시비를 거는 것도 모자라, 손님들에게까지 욕을 하고 시비를 걸며 공포 분위기를 조성했다.

경찰이 와도 서로 적당한 선에서 해결하는 쪽으로 분위기를 몰고 갔다.

거리는 밤이 되면 무법천지로 뒤바뀌었다.

세입자들을 상대로 가게 유리창에 래커스프레이를 뿌려 댔다.

해골바가지와 적나라한 성기에 목이 날아간 사람과 목을 매달고 죽는 사람들을 그리기도 했고, 입에 담기에도 힘든 지저분한 욕을 쓰기도 했다.

한 건달이 의자를 번쩍 들더니 유리창에 냅다 던져 버렸다.

와장창 하며 유리창이 박살 났다.

꺄악!

밖으로 도망친 손님들이 일제히 비명을 내지르며 뒤도 돌아보지 않고 도망쳤다.

사장의 두 눈이 분노로 떨렸다.

"이 천하의 못된 놈들아! 차라리 나를 죽여라! 이런다고 내가 나갈 것 같으냐? 내 눈에 흙이 들어와도 난 여기서 한 발자국도 못 나가!"

하지만 사장은 한 건달이 이마를 슬쩍 툭 하고 민 힘에 뒷걸음을 치다가 엉덩방아를 찧고 말았다.

"3일 뒤에 또 오겠습니다."

건달들이 식당을 빠져나갔다.

마지막으로 빠져나오던 건달이 의자를 발로 차서 넘어트리더니 마지막 식탁을 엎어 버렸다.

여직원과 김 과장은 그 광경을 밖에서 보았다.

문득 김 과장은 뒤가 허전해 돌아보았는데, 사장님이 어느새 저만큼 앞서가고 있는 것이 아닌가!

"어? 사장님 같이 가요!"

김 과장이 김영국을 향해 소리치며 뛰어갔다.

여직원도 총총 걸음으로 그 뒤를 따라갔다.

그런 김영국의 옆으로 야구 모자를 눌러쓴 학생이 스쳐 지나갔다.

우웅.

서클이 회전하며 화이트존이 생성되었다.

화이트존은 김영국을 집어삼켰다.

"도저히 장인어른 속을 모르겠네. 진솔한 대화를 나누어 봐야지 안 되겠어."

인수가 한숨을 내뱉듯 말했다.

◇ ◆ ◇

저녁이 되었다.

건달들은 떼거리로 몰려다니면서 상가 건물 벽에 래커스 프레이로 낙서하기 시작했다.

그것도 지겨우면 노상방뇨를 하고, 아무에게나 욕을 내뱉거나 큰소리치는 것도 모자라 눈만 마주쳐도 달려들어 손찌검을 할 기세였다.

"어이, 경찰? 뭘 봐?"

빠른 개발을 위해 시장부터 시작해 지자체가 쉬쉬하니, 상부의 지시를 받은 경찰들도 모른 체할 뿐이었다.

이들이 조장한 공포 분위기로 인해 사람들은 아예 해가 떨어지면 바깥출입을 못할 정도였다.

한마디로 무법천지.

그때 상가 건물 안에서 분에 못 이겨 튀어나온 한 할머니가 죽기 살기로 덤벼들었다.

지켜 내야 할 생존권 앞에서 이성을 잃은 할머니는 울부짖었다.

건달의 옷을 붙잡고 흔들며 늘어졌다.

저 작은 체구의 어디서 저런 힘이 솟아났는지, 자신보다 몸집이 세 배나 더 큰 건달의 옆구리와 다리를 막 후려 팼다.

"이 개만도 못한 놈들아! 오늘 너 죽고 나 죽자!"

"아! 아퍼! 이 할망구가 노망이 들었나! 에라이!"

옷이 찢어진 건달은 그 할머니를 사정없이 밀어 버렸다.

"아이고!"

내팽개쳐진 할머니는 서러움과 억울함으로 인해 바닥을 치며 통곡하기 시작했다.

"이게 대한민국 현주소인가."

그때 야구 모자를 눌러 쓴 한 학생이 다가와 할머니를 일으켜 세워 주었다.

"할머니 괜찮으세요?"

그 학생은 할머니의 엉덩이에 묻은 먼지를 털어 주었다.

할머니는 겨우 몸을 일으켰지만, 울음을 멈추지 못했다.

"어이, 너."

할머니를 밀어 버린 건달이 래커스프레이를 칙 뿌리며 학생을 불렀다.

학생은 건달의 말에 대꾸하지 않았다.

"학생."

"왜요?"

다시 부르자 대답했다.

하지만 학생은 고개를 숙인 채였다.

"가서 공부해라. 싸돌아다니지 말고."

학생은 그 건달을 향해 대답 대신 가운데 손가락을 들어 보인 뒤, 할머니를 부축해 상가 안으로 들어갔다.

건달들이 멍한 상태로 서 있었다.

서로 자신들이 본 게 맞는지 확인하는 중이었다.

"……."

끄덕끄덕.

서로가 맞다 하며 고개를 끄덕였다.

남도식당에서 덩치가 산만 했던 건달이 똘마니들에게 턱으로 지시했다.

가서 잡아 오라고.

두 명의 건달이 래커스프레이를 집어던지고는 움직였다.

학생이 들어간 상가 건물 입구로 따라 들어갔다.

그때 퍽퍽 하는 소리가 들리더니 그 건달들이 다시 나왔는데, 뒷걸음을 치며 비틀거리다가 큰대자로 뻗어 버렸다.

"뭐냐?"

덩치가 남산만 한 건달, 박동구가 래커스프레이를 내던지며 뒤뚱뒤뚱 달려갔다.

그 뒤를 똘마니들이 급히 따라갔다.

"어이, 할망구! 그 새끼 어디 갔어? 그 모자 쓴 놈 어디 갔냐고?"

상가 입구에 서 있던 할머니는 잠시 대답을 못했다.

그러다가 갑자기 소리쳤다.

"몰라. 모른다, 이놈들아!"

할머니도 놀랬다.

경찰들도 어지간하면 부딪치지 말라고 말했다.

싸움이 일어나면 쌍방이고, 복잡해진다는 것이 그 이유
였다.

더군다나 힘 좀 쓴다는 자기 아들도 꼼짝 못하는 건달들
을 호리호리한 학생이 눈 깜짝할 사이에 때려눕혀 버렸으
니, 할머니는 그 학생을 보호하고 싶었다.

그때 계단 위에서 발자국 소리가 들려왔다.

"잡아!"

건달들이 위를 올려다보더니, 발을 박찼다.

녹슨 안전봉을 붙잡고 회전하며 계단을 세 계단씩 뛰어
올랐다.

하지만 6층 옥상에 도착할 때까지 계단에는 아무도 없었
다.

"어디 갔지?"

두리번거리는 그때 삐거덕거리며 옥상 문이 열렸다가 다
시 닫혔다.

건달들은 문을 발로 차며 옥상으로 나갔다.

뒷모습이 보였다.

그 모자를 눌러쓴 학생이 난간 앞에 서서 지상을 내려다
보고 있었다.

"야, 너 일루 와."

한 건달이 손가락을 까딱거리며 말하자 학생이 뒤돌아서는가 싶더니, 어느새 순간이동이라도 한 것처럼 코앞에 다가왔다.

"......!"

빠아악.

주먹으로 얼굴을 얻어맞고는 뒤로 벌러덩 자빠진 건달은 말 그대로 눈앞에서 별을 보고 있는 중이었다.

트리니티 레볼루션
Trinity
Revolution

제8장 상상의 나래

박동구는 헉헉거리며 옥상에 도착했다.

계단을 오르는 동안, 그 학생으로 보였던 놈이 동생들에게 언어맞는 소리가 들려왔다.

빠아악. 빠아악. 빠아악. 빠아악.

"얘들아, 적당히……."

옥상에 도착해 허리를 펴고는 숨을 돌리며 말을 하던 박동구의 두 눈이 휘둥그레지고 말았다.

동생들이 바닥에 널브러진 채로 낑낑대고 있기 때문이었다. 한데, 다리와 팔이 기형적으로 꺾여 있는 것이 부러진 것이 틀림없었다.

박동구는 두 눈을 깜박거릴 수밖에 없었다.

그때 그 학생이 앞으로 다가왔다.

"서. 거기 서!"

박동구는 재빨리 호주머니에서 전화기를 빼 들었다.

"여기 부영상가 옥상인데……."

통화를 하며 눈치를 보는데, 그 모자를 눌러쓴 학생은 더이상 다가오지 않았다.

가만히 서 있을 뿐이었다.

모자챙 밑으로 비웃음이 보였다.

"있는 애들 다 데리고 와. 연장 챙기고."

전화기를 접어 호주머니에 넣은 박동구는 웃통을 벗었다.

전신의 용 문신을 자랑했다.

하지만 어느새 사위가 어두워져서, 용 문신이 잘 보이지 않았다.

"추운데 입어라. 뭐 보이지도 않아."

"웃기는 놈이네."

"동생들이 얼마나 빠른지 좀 볼까? 늦으면 너 많이 맞을 텐데."

"……."

꿀꺽.

침을 삼키는 소리가 선명하게 들렸다.

그와 동시에 박동구가 발을 박찼다.

저 호리호리한 놈의 주먹과 몸놀림이 얼마나 빠른지는 모르겠지만, 힘이라면 자신 있었다.

놈의 멱살을 붙잡기만 하면 그대로 헤드록을 걸어 숨통을 끊어 버릴 생각이었다.

박동구는 손을 뻗었다.

잡았다!

확신하는 순간이었다.

퍼억.

"커허억. 꺼어어어어어어어……."

숨을 쉴 수가 없는지, 박동구의 입술이 흉하게 열렸다.

박동구는 그 학생의 코앞에서 자신의 가운데를 붙잡고는 맥없이 무너졌다.

그 틈에도 박동구는 이놈의 얼굴을 봐 두어야 했다.

반드시 보복해야 하니까. 그게 아니면 건달이라 할 수 없으니까.

박동구의 눈에 모자를 눌러쓴 학생의 얼굴이 새카맣게 보이는 그때였다.

빠아악.

번쩍하며 눈에 불꽃이 튀었다.

다음은 코였다.

빠악.

일부러 코뼈만 부러뜨렸다.

코뼈가 부러진 박동구는 입으로 거칠게 숨을 쉬며 상대를 보았다.

죽여 버리겠다. 반드시 죽여 버리겠다.

다짐을 하고 있는 그때 동생들이 뒤에 도착했다.

각자 쇠파이프, 회칼, 각목, 쌍절곤 등 연장을 들고서.

"형님!"

"커헉! 이 새끼! 이 새끼 밟아 버려!"

박동구의 동생들은 패싸움이라도 할 줄 알고 달려왔다. 하지만 아무리 눈을 씻고 주변을 둘러보아도 눈앞의 상대는 단 한 명이었다.

"형님? 지금 이 한 놈한테……."

쫘아악.

순간 말을 하던 건달은 눈에 불이라도 붙은 것만 같았다.

언제 앞으로 왔는지, 그 모자를 눌러쓴 상대에게 눈 공격을 허용한 것이다.

판장타안(板掌打眼).

연장을 들고 형님을 살피던 건달들의 두 눈이 일제히 동그래졌다.

바로 옆에서 공격을 받은 동료가 비틀거리며 중심을 잃은 것도 모자라 뒤로 걷는 것이 아닌가!

"아……."

스스로도 왜 이러지?

이런 생각을 할 수밖에 없었다.

다리가 풀려 주저앉고 싶은 것을 겨우 버텨 내다 보니, 술에 취한 사람처럼 뒤로 걷고 있는 것이다.

뇌가 쩌렁쩌렁 울렸다.

상대가 보이지 않았다.

그래도 건달이 되기 전에 권투선수였었다.

권투의 필수덕목 중 첫째가 가드의 충실함이다.

그렇기에 두 팔을 올려 가드 자세를 취해야 하는데, 양팔이 저절로 막 허우적거렸다.

내 팔이 왜 이러지? 내 위치는 어디지?

뭐라도 붙잡고 균형을 잡아야 하는데, 계속 허우적거리는 꼴이었다.

"......!"

눈을 한 대 맞았다고 휘청거리는 동생의 한심한 모습에 박동구의 두 눈이 동그래졌다. 자기도 눈 깜짝할 사이에 알(?)이 터졌고 코뼈가 부러졌음에도 믿어지지가 않는 것이었다.

모자를 푹 눌러쓴 정체불명의 학생은 허우적거리는 동생을 따라가며 한 손을 위로 번쩍 들어 올리고 있었다.

적타광구(藉打狂狗)!

허공에서 그 손바닥이 쫙 폈다가 살짝 접어지는 순간.

빠아악. 빠아악. 빠아악. 빠아악. 빠아악. 빠아악.

무시무시한 소리가 터져 나오며 옥상 전체를 가득 메웠다.

계속해서 얻어맞는 건달은 뒷걸음을 치다가 넘어졌고, 이제는 무참히 짓밟혔다.

퍼어억.

파다다다다닥.

짓밟힌 발에서 벗어나려는 그 모습은 아가미를 붙잡힌 싱싱한 활어 같았다.

그 상황을 지켜보던 모두가 침을 집어삼킬 수밖에 없었다.

그들 사이에서도 싸움 좀 한다던 동생이 발바닥에 짓눌린 채 벗어나고자 푸다닥거리는 모습을 쉽사리 받아들일 수 없었던 것이다.

그리고 그의 움직임이 멈추자, 놀라움은 공포 그 자체로 다가왔다.

보는 사람이나 당하는 사람이나, 모두에게 끔찍한 광경이었던 것이다.

발바닥에 머리를 짓눌리고 있는 그 건달은 세상이 온통 암흑으로 변했고, 심해에 가라앉기라도 하듯 다시는 환한 빛을 못 볼 것 같았다.

그렇게 푸다닥거리는 순간, 압사를 당해 죽어 가는 끔찍한 고통을 체험한 것이었다.

모두가 멍한 상태가 되어 꼼짝도 못했다.

그 누구도 덤비지 못했다.

박동구는 코피를 닦으며 일어났다가, 그 광경을 보고는 입을 떠억 벌렸다.

"동생들 동작이 제법 빠르네? 덕분에 덜 맞았지?"

"이 씨발 놈이!"

그때 형식이라는 이름의 건달이 달려들며 손을 뻗어 왔다.

유도를 배운 듯 멱살과 팔을 붙잡고는 엎어치기 한판을 할 자세였다.

하지만 이렇게 느려 터져서야.

느려도 너무나 느렸다.

순간 몸이 낮게 깔리며 회전했고 붕 소리와 함께 발이 뻗어 나와 건달의 종아리를 걷어찼다.

파아악.

건달의 몸이 붕 떠올라 등부터 바닥으로 떨어지는 그때 옆구리를 발로 얻어맞고는 옥상 문까지 날아갔다.

퍼어억.

건달의 몸은 거짓말처럼 뒤로 날아가 옥상 문에 부딪치고는 떨어지더니, 더 이상 일어서지 못했다.

"이야!"

옆에서 각목을 들고 지켜보고 있던 놈이 소리치며 달려 들었다.

걸렸다!

각목이 눌러쓴 모자를 향해 수직으로 떨어졌다.

그때 모자챙 밑으로 번뜩이는 눈빛.

바로 인수의 눈이었다.

순간, 인수의 손바닥이 번쩍 올라왔다.

그 손바닥은 그대로 올라가 각목을 올려쳤다.

빠각.

각목이 부러졌다.

그것도 모자라 손바닥이 다시 내려왔다가 올라가 놈의 턱을 강타했다.

빠아악.

각목을 부숴 버리는 그 힘과 똑같았다.

"커헉!"

턱을 얻어맞은 놈 역시 두 팔을 허우적거리며 뒤로 벌러덩 넘어지려다가 멱살을 붙잡혔다.

어쩌면 그냥 넘어지는 것이 차라리 나았을지도 모를 일이었다.

빠아악. 빠아악. 빠아악. 빠아악.

더 맞아야 하는데, 이미 맞는 도중에 실신했다.

놈의 눈이 풀려 풀썩 쓰러지자, 인수는 뒤를 돌아보았다.

"아비요!"

바로 뒤에서 한 건달이 쌍절곤을 옆구리에 끼고는 한

손바닥을 앞에 펼쳐 견제하고 있었다.

아비요…… 이소룡을 좋아하나 보다.

옷을 입은 것도 이소룡처럼 노란색 줄무늬의 트레이닝복 차림이었다.

한데 건달이라고 치기에는 너무 어렸다.

인수는 놈이 한심해서 물었다.

"얌마. 너 몇 학년이야?"

"학교 안 다닌다!"

"뭐? 그럼 몇 살이야?"

"알아서 뭐하게!"

말하는 투나 목소리를 보아하니 학교를 다닌다면 중학교 2학년이나 3학년으로밖에는 안 보였다.

"확! 이 어린노무새끼가! 너 양아치 짓거리나 하고 다니니까 좋아? 커서 깡패될 거야?"

인수는 녀석이 한심하기 짝이 없어서 호통을 쳤다.

"아 씨발 뭔 상관인데?"

"뭐 인마?"

인수가 확! 하며 손을 들자 녀석은 재빠르게 뒤로 물러났다.

그 반사 신경이 굉장히 빨랐다.

인수도 놀랐다.

"아비요!"

거리를 조절한 녀석은 엄지로 코를 튕기더니, 자신의 쌍절곤을 막 돌리기 시작했다.

이소룡 저리 가라였다.

굉장히 잘 돌렸다.

"수고."

하지만 인수는 녀석이 쌍절곤을 돌리든 말든 무시하고는, 옆을 스쳐 박동구에게 향했다.

"더 맞자."

박동구의 얼굴이 완전히 굳어 버린 그때 나머지 여섯 명이 동시에 달려들었다.

회칼을 쥔 놈이 제일 가까웠다.

쉭.

칼이 그어지자 몸을 슬쩍 비틀어 피하는 그때, 옆에서 달려든 놈의 쇠파이프가 머리를 후려갈겼다.

티잉.

비껴 맞았다. 모자도 비틀어졌다.

순간, 인수의 발이 올라와 쇠파이프를 올려 찼다.

까아앙.

쇠파이프가 뒤로 돌아가, 놈의 얼굴을 강타했다.

자기가 들고 있는 쇠파이프에 얼굴을 얻어맞은 놈은 비틀거리며 뒷걸음질을 쳤다.

그때 기이한 장면이 연출되었다.

인수의 상체가 오뚝이처럼 누워지며 원을 그렸고, 발이 지면을 쓸었다.

용수철처럼 꼬아졌다가 팅 하고 몸이 풀리는 순간이었다.

인수의 몸에서 주먹과 발이 터져 나가며 나머지 놈들의 얼굴과 복부에 박혔다.

파박. 팍. 팍. 퍼벅. 퍽. 퍽. 퍽. 퍽.

순식간에 다섯 놈이 동시에 나가 떨어졌다.

시멘트 바닥이 패였다.

어둠 속에서 먼지가 쓸리며 위로 올라왔는데, 그 모습은 마치 용 한 마리가 포효하는 것처럼 보였다.

잠룡승천(潛龍昇天).

안개가 흩어지듯 용이 사라지는 순간.

타악.

발이 올라와 회칼을 쥔 놈의 손을 차자, 팅겨 나간 회칼이 공중으로 붕 날아올랐다.

빠아악.

그 칼이 바닥에 떨어지기도 전.

놈은 해머처럼 내려쳐진 주먹에 정수리를 얻어맞고는 픽 쓰러졌다.

여전히 쌍절곤을 열심히 돌리고 있는 놈은 제외하고 이제 일곱.

"뭐해 병신들아!"

박동구가 겁에 질려 소리쳤다.

그러자 나머지 일곱 놈이 동시에 고함을 내지르며 달려들었다.

하지만 순식간에 끝나고 말았다.

쌍절곤 돌아가는 소리가 서서히 멈추었다.

박동구는 어이가 없었다.

순간, 형님의 얼굴이 떠올랐다.

그와 동시에 '형님 얼굴을 어떻게 보지?' 하는 생각이 순차적으로 일어났다.

눈앞의 상대도 무서웠지만, 형님도 무서웠다.

그러다가 다시 당장 눈앞의 상대에 대한 극심한 두려움에 사로잡혀 온몸이 부들부들 떨려 왔다.

"오지 마……."

박동구는 겨우 말을 내뱉었다.

고개를 뒤로 돌려 어디 도망칠 곳이 없나 찾는 그때 박동구는 뒤통수 머리카락을 통째로 움켜잡혔다.

엄청난 힘이었다. 몸이 저절로 뒤로 눕혀졌다.

"으악! 으악! 으아아아악!"

박동구는 뒤로 누운 상태로 허공에 손을 저으며 비명을 내질렀다.

"이런. 때리지도 않았구만."

"안 때릴 거요?"

대답 대신 주먹이 얼굴을 향해 내려왔다.

빠아악.

번쩍하는 순간은 눈구덩이와 코뼈에 이어 박동구의 옥수수가 털리는 순간이었다.

인수의 앞에서 쌍절곤을 돌리던 소년의 이름은 최민식.

민식은 등을 돌린 인수가 옥상 문을 통해 계단으로 내려가는 모습을 멍하니 바라보고 있을 뿐이었다.

그 등이 거대한 산처럼 보였다.

그리고 다음 날 아침.

민식은 모자를 눌러쓴 채로 어제 밤에 있었던 그 싸움을 떠올리며 혼자서 17대1 가상훈련을 해 보았다.

자신을 인수에게 대입시켜 주먹과 발을 날리던 민식은 문득 시멘트 바닥을 내려다보았다.

"......?"

시멘트 바닥이 패인 채로 어떠한 형상이 남아 있는 것이 아닌가!

민식은 뒤로 물러나며 그 바닥의 형상을 살펴보다가, 이윽고 난간 위로 올라서서 바닥을 내려다보았다.

민식은 온몸에 소름이 돋아났다.

하마터면 균형을 잃고 옥상 밖으로 떨어질 뻔했다.

바닥에 패인 그 형상은 똬리를 틀고 있는 한 마리의 용이었다.

◇ ◆ ◇

다음 주 일요일.

세영은 엄마와 함께 집에서 김밥을 싸고 있는 중이었다.

오랜만에 가족들끼리 야외로 나들이를 가니 기분이 들뜨고 신이 났다.

"역시 우리 딸이 최고야. 엄마보다 김밥을 더 잘 싸는 것 같아. 슬슬 나가야겠네. 이러다 집에서 김밥 다 먹겠네."

김밥도시락을 챙기는 그때, 김영국의 전화기가 울렸다.

김영국은 무슨 이유인지 전화기를 들고는 받기를 망설였다.

"아빠?"

전화기가 꺼졌다. 하지만 이내 다시 울렸다.

"여보. 전화 안 받아요?"

아내의 재촉에 김영국은 망설이더니 결국 전화를 받았다.

"김 조합장님, 무슨 일이십니까?"

[아, 김 사장님. 요즘 왜 이렇게 얼굴 보기가 힘들어. 저 여기 김 사장님 동네에 와 있는데 잠시 좀 볼 수 있을까요?]

"여기 오셨다고요?"

김영국은 화들짝 놀랐다.

[지금 아파트 밑에 있습니다. 103동이었죠, 아마? 몇 호신가요?]

김영국의 표정이 굳다 못해 얼어붙기 시작했다.

"오늘은 곤란한데……. 내일 사무실에서 뵙죠?"

[김 사장님. 요즘 왜 이러십니까?]

"네? 아니…… 그게……."

[뭐가 매일 곤란해? 사무실도 자주 비우고 말이야. 사업 안 할 거요?]

"사업을 왜 안 합니까…… 감정평가원 결과가……."

[아, 그놈의 감정평가원! 아니, 감정평가원 결과가 그렇게 나온 걸 인제 와서 어쩌자는 겁니까? 아 그리고 중요한 건 그게 아니잖습니까?]

중요한 것. 그것에 대해 김영국은 아무런 말대꾸도 하지 못했다.

[이 운택이가 다른 업체들 다 제치고 사장님이 꼭 해 보고 싶다고 해서 사업권 따 드리려고 얼마나 애썼습니까? 거기에다가 이 바닥 검사들 안면 까게 해준 게 도대체 누구요?]

중요한 건 바로 이것이었다.

[맘에 안 드는 게 있으면 말을 해야지, 자꾸 이런 식으로 피하기만 하면 어쩌자는 거요?]

김영국은 여전히 대꾸를 하지 못했다.

세영은 그런 아빠의 표정을 물끄러미 바라보았다.

[잠깐 뵙죠?]

"알겠습니다. 제가 곧 내려가겠습니다."

홀더를 닫은 김영국은 재빨리 현관으로 몸을 옮겨 신발을 신었다.

"아빠, 무슨 일이에요? 이제 막 나갈 건데?"

"잠깐 손님이 찾아와서…… 잠시만 기다려."

김영국은 현관문을 열고 밖으로 나갔다.

한데 문을 연 바로 그 순간, 밖에서 손이 불쑥 들어와 그 문을 잡았다.

동시에 그 열린 문 사이를 비집고 공포 영화의 한 장면처럼 얼굴이 들어왔다.

"아이고, 김 사장님!"

노란색 안경을 착용한 남자는 돌출된 구강구조로 인해 인상이 매우 강렬해 보였다.

손도 새카맣고 우악스러웠다.

그리고 그 손에 의해 문이 활짝 열렸다.

그렇게 김영국의 앞에 서 있는 세 남자.

김영국은 딱 얼어붙어버렸고, 세 남자는 막무가내로 집 안으로 들어왔다.

제일 마지막에 들어온 남자는 아웃도어를 입었는데, 그냥 주변에서 흔히 볼 수 있는 아저씨처럼 평범해보였다.

색안경을 착용한 남자가 골프신발을 벗지도 않고 들어왔다.

세영의 시선, 엄마인 최미연의 시선도 그리고 김영국의 시선도 그 신발로 쏠렸다.

"서용아, 신발은 벗어야제."

"아."

아웃도어 복장의 남자가 말하자 색안경 남자, 김서용이 발걸음을 멈추고는 씩 웃더니 다시 뒤돌아 신발을 벗고 들어왔다.

"아이고, 사모님 안녕하십니까? 딸 안녕?"

세영을 향해 씩 웃는데, 그 돌출된 구강구조의 치열은 들쑥날쑥한 것이 볼썽사나운 것을 넘어서 차라리 궤멸하기 일보직전이었다.

그리고 색안경 너머로 날카롭게 찢어진 두 눈은 세영의 가슴 언저리를 훑고 있었다.

불쾌했다. 불쾌하고 더러웠다.

두 번째로 따라 들어온 남자는 덩치가 실로 남산만 했다.

누가 봐도 무식한 조폭으로 볼 수밖에 없었다.

한데, 한쪽 눈은 안대를 착용했고 코뼈가 부러져 깁스를 한 상태인 데다가 입술은 시뻘건 멍과 함께 퉁퉁 부어올라 있었다.

김서용의 똘마니, 박동구였다.

"김밥냄새다."

덩치는 남산만 한 놈이 말투는 초등학생 같았다.

동생들과 있을 때와는 사뭇 다른 태도와 말투였다.

"어디 좋은 데 가시나 봅니다?"

김서용이 거실을 지나쳐 주방으로 들어왔고, 아웃도어 복장의 남자 김운택은 제집처럼 소파에 앉아 몸을 눕혔다.

그 모습이 시골 동네 이장처럼 보였다.

박동구는 그 중간에 서서 열중쉬어 자세를 취하고 있었지만, 뚜껑이 열려 있어 훤히 보이는 예쁜 김밥으로 인해 침을 꼴깍 삼켰다.

세영이 몹시 불쾌한 감정을 드러내며 도시락 뚜껑을 닫으려는 그때였다.

"어허, 잠깐 잠깐."

김서용의 말에 세영의 손이 멈추었다.

"내가 지금 아침도 거르고 김 사장님 뵈러 오느라 배가 고파."

김서용이 세영을 향해 검지를 세워 딱 하나만 먹어 보자는 듯 애교를 떨었다.

세영이 무표정한 얼굴로 아무런 반응조차 하지 않자, 김서용은 손을 내밀어 뚜껑을 붙잡았다.

은근슬쩍 세영의 손도 함께 붙잡았다.

세영이 깜짝 놀라 뚜껑에서 손을 떼었다.

"동구 한 입 할래?"

김서용이 김밥 하나를 손으로 잡고는 입안에 넣으며 말했다.

"괜찮습니다, 형님."

"일루 와."

"네, 형님."

박동구가 재빨리 거실로 발을 옮겼다.

그 옆에 서 있는 김영국은 찍 소리도 못했다.

"오, 맛있네?"

김서용은 입을 오물거리다가 딱 멈추더니, 세영을 향해 씩 웃었다.

그때 드러난 더럽게 못생긴 치열 사이로 김 조각과 노란 단무지 조각이 섞여 있었고, 니코틴에 쌓여 새카만 잇몸까지 드러나 혐오스럽기 짝이 없었다.

세영이 인상을 팍 찌푸렸다. 손에 오물이 묻은 것만 같았다. 빨리 비누로 씻고 싶었다.

"동구야, 아."

박동구가 아 하고 입을 벌리자 김서용이 그 입에 김밥을 넣어주었다. 그때 세영은 박동구의 의치를 보았다.

그렇게 두 눈 멀쩡히 뜨고 김밥을 모두 **빼앗겼다.**

김영국은 겨우 사람들을 달래서 밖으로 데리고 나갔다.

김서용은 김영국에게 등을 떠밀려 나갈 때 세영에게 윙크를 했다.

"딸이 이뻐. 아주 이뻐."

"일단 나갑시다. 나가서 얘기합시다."

김영국이 마지막으로 나가고 문이 닫혔다.

주방에 홀로 남은 세영은 텅텅 비어 버린 도시락을 내려다보고 있을 뿐이었다.

"네 아빠도 참…… 사업도 사업이지만…… 딸, 아빠 들어오시면 바로 나가자? 점심은 우리 딸 좋아하는 돼지갈비로……."

"아니."

세영은 욕실로 들어가 손을 비누로 박박 닦은 뒤, 자기 방으로 들어가 문을 잠그고는 침대에 누워 버렸다.

저녁이 되었다. 아빠가 방문을 노크했다.

"딸? 안에 있어? 문 좀 열어 봐."

세영은 벌떡 일어나 문을 열고는 아빠에게 소리쳤다.

"아빠는 겁쟁이야!"

세영은 아빠를 문밖에 세워 둔 채로 문을 쾅 닫아 버렸다.

그날 밤.

세영은 욕실로 들어가 옷을 벗고 샤워기를 틀었다.

온수를 조절하다가 거울을 보았다.

수증기가 올라와 거울을 뿌옇게 만들었다.

뽀드득 뽀드득.

세영은 손바닥으로 거울을 닦은 뒤 다시 얼굴을 보았다.

아빠의 사업 파트너라고 소개한 김서용의 얼굴이 계속 떠올라 불쾌했다.

그 색안경 너머로 자신의 몸을 훑고 있는 것이 느껴져 소름이 돋아났다.

아기를 무척 좋아하는 세영은 날 때부터 악인은 없다고 믿어 왔다.

하지만 김서용만큼은 정말 날 때부터 악인으로 태어난 것처럼 느껴졌다.

수증기가 다시 올라와 거울을 뿌옇게 만들었다.

세영은 욕조로 들어가 쭈그려 앉았다.

갑자기 오한이 밀려와 두 팔로 무릎을 감싸 안았다.

샤워기에서 쏟아지는 물이 세영의 머리를 때리며 적셨다.

물이 엉덩이를 넘어 배까지 차올랐다.

세영은 여전히 꼼짝도 하지 않았다.

그렇게 미동조차 없이 잠겨만 갔다.

몸은 가만히 있지만, 감정은 화산처럼 폭발하고 있는 세영이었다.

상상의 나래가 펼쳐졌다.

밤하늘. 몽골의 초원에 큰대자로 드러누워 소나기처럼 쏟아지는 유성우를 바라보기도 하고, 강렬한 태양 아래에서 낙타를 이끌고 사막을 횡단하는 세영은 히잡으로 얼굴을 가린 채 타오르는 갈증을 견뎌 내고 있다.

하지만 현실로 돌아오면, 욕조의 물은 가슴까지 차오르고 있다.

꼬르르르.

세영은 욕조에 몸을 눕혔다.

얼굴까지 물속으로 잠기자 호흡을 멈추었다.

터져 버릴 것만 같았다. 호흡도 감정도.

과연 그 누가 있어 지금의 내 답답한 삶을 바꿔 줄 수 있을까?

화려한 뮤지컬의 여주인공처럼, 무대 위에서 가슴을 쥐어짜며 혼신의 힘을 다해 노래를 부른다.

세영의 영혼은 상상의 나래를 타고 육체를 이탈해 아파트를 벗어나 새벽 하늘로 솟구쳐 날아올랐다.

세영의 눈앞에 찬란한 태양이 떠올랐다. 세영은 티베트 고원 위를 날고 있다.

지상으로 내려가 천진난만한 아이들의 얼굴을 사진에

담는다.

아이들이 달린다. 세영도 따라서 달린다.

가슴이 벅차올 때까지 함께 뛰다가 고승을 만나 숙연해져서 두 손을 모아 합장을 했다.

무표정한 고승의 얼굴.

세영은 고승을 지나쳐 다시 뛰었다.

휘잉.

세영은 두 팔을 활짝 펼쳤다.

한줄기 바람이 불어와 세영의 영혼을 하늘 높이 끌어올려 주었다.

세영은 바람을 타고 다시 날아오른다.

벗어나고 싶다. 떠나고 싶다.

왜 난 남자로 태어나지 못한 걸까?

호흡이 임계점에 다다랐다.

"푸우!"

세영의 얼굴이 욕조에서 솟구쳐 오르며 거친 숨이 터져 나왔다.

그때 거실에서 부모님의 다투는 소리가 들려왔다.

세영은 다시 물속으로 들어가 버렸다.

샤워를 마치고 타월로 몸을 가리고 나온 세영은 소파에 앉은 채로 깊은 잠에 빠져 있는 아빠를 보았다.

이런 모습을 보고 있노라면 또 마음이 짠했다.

"아빠? 들어가서 주무셔야죠."

"어…… 그래…… 피곤하구나. 딸. 아까 말이다."

세영은 대답하지 않았다.

"아빠가 밖에서 사업을 하다 보면……."

"제가 죄송해요."

말을 끊으려는 것이 아니었다.

그렇다고 진심으로 사과하는 것도 아니었다.

세영은 복잡했다.

아빠의 변명을 들으면 들을수록 더욱 더 실망하게 될까 봐 무서운 것이 세영의 진심이었다.

김영국은 무슨 말을 하려다가 말았다.

언제부턴가 짧게 대답하고 분명하게 선을 긋는 딸의 모습에서 소외감과 서운함을 느끼기 시작했다.

"그래."

김영국은 할 수 없다는 듯 몸을 일으키더니 안방으로 들어갔다.

세영은 아빠의 뒷모습을 보았다.

저 작고 좁은 어깨를 보고 있노라니, 마음 한편이 또 아려왔다.

'아빠는 말이야, 대한민국에서 제일 높은 빌딩을 세우고 말 거야. 그때는 그 누구도 이 김영국을 무시하지 못할걸?

아빠의 목소리가 떠올랐다. 하지만 이건 옳은 길이 아니었다.

그렇다고 무얼 어떻게 할 수도 없었다.

이때만 해도 세영은 이 어긋난 길이 비극으로 치닫게 될 줄은 상상도 못했다.

세영은 방으로 들어가 거울을 보며 드라이기로 젖은 머리를 말렸다.

그때 이상하게도 그 남학생의 얼굴이 생각났다.

분식점 아주머니의 말도 떠올랐다. 우리를 상대로 성폭행을 계획했던 못된 놈들 세 명이 갑작스레 끔찍한 고통에 몸부림치다가 응급실로 실려 갔고, 알바는 벌을 받은 것이라고 했단다.

아무것도 안 했는데…….

어떻게 그런 일이 있을 수가 있을까?

세영은 잡념을 떨쳐 내듯이 고개를 흔들었다.

하지만 김서용의 색안경 뒤에 가려진 음흉한 눈빛과 차라리 궤멸에 가까운 못생긴 치열이 떠올랐다.

싫어. 싫어도 정말 싫다고 몸서리를 치던 세영은 원피스 잠옷을 입은 뒤 침대에 누웠다가 문득 이상한 기분에 다시 거실로 나왔다.

현관으로 나가 문을 열어 보았지만 아무도 없었다.

고개를 한 번 갸우뚱하고 다시 방 안으로 들어온 세영은 이상한 기분을 떨쳐 낼 수가 없었다.

누군가가 자신을 자꾸 부르는 것만 같았다.

결국 세영은 후드티를 걸치고는 살금살금 거실을 지나쳐 밖으로 나갔다.

엘리베이터가 1층에 도착해 문이 열렸다.

세영은 누군가가 자신을 기다리고 있을 것만 같은 느낌을 떨쳐 낼 수가 없었다.

하지만 아무도 없었다.

아파트 밖으로 나가 공원을 한 바퀴 돌아보았지만, 겨울을 알리는 찬바람만 불어올 뿐이었다.

"아, 추워."

세영은 옷깃을 여미며 다시 아파트 안으로 들어가 엘리베이터에 올라탔다.

어둠 속.

인수가 그런 세영의 모습을 마지막까지 지키고 있었다.

트리니티 레볼루션
Trinity Revolution

제9장 자유의 길

　백학고등학교 총무관.

　인수를 포함한 교실의 아이들이 윤리 수행평가를 위해 모여들었다.

　넓은 실내로 들어서니, 윤리 수행평가와는 거리가 멀어 보이는 장비들이 준비되어 있어 모두가 다 의아한 표정을 지을 수밖에 없었다.

　총 5구역.

　인수는 각 구역별로 탁자 위에 가지런히 놓여 있는 수면 안대를 보았다.

　그 옆의 탁자에는 100피스 퍼즐이 준비되어 있었다.

　대형 전자다트판도 있었는데, 그 옆에도 마찬가지로 수면 안대가 비치되어 있었다.

그리고 그 반대편에는 탁구공이 가득 담긴 바구니가 설치되어 있었는데, 여기에는 안대가 없었다.

대신 탁구공 바구니 옆에는 절반으로 갈라진 30센티미터 크기의 대나무들이 보였다.

"뭐하자는 거지?"

"이걸 눈 가리고 하라는 거야?"

아이들이 웅성거리는 그때 윤리 선생님이 6명씩 마구잡이로 묶어 모둠을 짜 주었다.

"자, 각 모둠은 조장을 선발하도록."

인수는 마지막 5모둠 조장이 되었다.

평가 방법은 독특했다.

각 모둠별로 자신들의 구역에 들어가 3분 동안 퍼즐의 그림을 기억한다. 그리고는 안대로 눈을 가린 뒤 손의 감각으로만 조각을 맞추면 그 퍼즐조각 수가 점수가 되는 것이었다.

제한시간은 5분. 그 시간이 지나면 안대를 벗고 대형 전자다트판 앞으로 이동, 선 앞에서 눈을 가리고 다트를 던져 누적된 점수를 이전과 합산한다.

각 모둠에 주어진 다트는 총 30개였다.

던지기에 자신 있는 조원이 30개를 모두 다 던져도 상관은 없다.

마지막으로 두 동강이 난 대나무는 그곳에 탁구공을 흘려보낸 뒤, 여섯 명이 계속 앞으로 이동해 다리를 이어 탁구공을 10미터 반대편에 위치한 바구니로 옮기는 것이었다.

주어진 시간은 역시 5분.

중간에 탁구공이 떨어지면 무효이며 다시 처음부터 시작해야 했다.

또 반대편 바구니에 들어갔다가 튕겨 나올 경우, 무효로 처리된다.

마지막 단계의 경우에는 안대를 착용해야 된다는 조건은 없었다.

선생님이 1모둠의 아이들을 데리고 직접 시범을 보여 주었다.

눈을 가리고 하니, 엉망인지라 모두 다 깔깔깔 웃어 댔다. 대나무를 연결하여 탁구공을 이동하는 평가는 순발력과 집중력 그리고 협동력이 필요했다.

"자, 선생님은 이제부터 밖에 나가서 전혀 관여하지 않을 거야? 부저가 울리면 퍼즐부터 시작해서 다트를 끝내고 마지막으로 탁구공을 반대편 바구니에 옮기면 된다. 그럼, 실시!"

그 말을 끝으로 선생님은 진짜로 퇴장했다.

부저가 울렸다.

모두 퍼즐의 그림을 기억했고, 3분이 지났음을 알리는 부저가 또 울리자 아이들은 일제히 안대를 착용한 뒤 퍼즐을 맞추기 시작했다.

하지만 몇몇의 아이들이 퍼즐을 맞추다가 답답했는지, 안대를 슬쩍 벗고는 눈으로 보며 퍼즐을 완성했다.

5분이 지나자 부저가 울렸다.

다트 또한 마찬가지였다.

각 모둠의 몇몇 아이들이 변칙을 일삼기 시작했다.

태환은 안대를 이마에 올리고는 뻔히 보며 다트를 던졌고, 심지어 현석은 선을 넘어 다트판의 코앞에서 던졌다.

탁구공을 옮기는 것도 마찬가지였다.

변칙과 편법이 난무했다.

중간에서 대나무 다리가 끊어져 탁구공이 떨어졌어도 인정.

바구니에서 튕겨 나와도 인정이었다.

하지만 인수가 조장으로 있는 5모둠의 아이들은 우직하리만큼 규칙을 지켰다.

부저가 울렸을 때 인수는 모둠의 아이들에게 경고했다.

잊고 있었던 기억이 새록새록 돋아났기 때문이었다.

그때에도 우직하리만큼 규칙을 지켰었던 자신의 모습을.

그리고 그때에는 하지 못했었던 말을.

이제는 할 수 있다.

"명심해. 단 한 사람도 안대를 벗지 마. 탁구공을 한 개도 못 옮기고 실패해도 돼. 대신 반드시 규칙을 지켜. 특히, 윤철이 너."

인수는 윤철이 제일 걱정되었다.

"알았어."

윤철은 슬쩍 안대를 벗으려 했지만, 인수의 말이 너무나도 진지했기에 일단 끝까지 믿고 따랐다.

하지만 5모둠의 차례가 끝났을 때, 그들이 마주한 결과는 처참했다.

다른 아이들을 그들을 보며 비웃었고, 손가락질을 했다.

너무나도 비교되는 결과였다.

인수의 말을 믿고 따랐던 아이들은 후회할 수밖에 없었다.

그때 선생님이 다시 들어왔다.

"다들 잘했어? 어디 볼까?"

선생님이 웃으며 말했다.

"자, 각 모둠 조장은 결과물을 확인하고 발표하도록. 1모둠부터 해 볼까? 경석이?"

경석이 쭈뼛거리며 자신들의 결과물을 내려다보았다.

"눈을 가리고 하니 쉬운 일도 정말 어려웠습니다. 우리 1모둠은 퍼즐 78조각 그리고 다트 점수는……."

경석이를 포함한 대부분의 모둠 조장들이 결과물을 점수로 환산해 발표했다.

그래도 3모둠 조장인 반장은 수행평가를 통해 집중력과 협동력에 대해 느낀 점을 말하기도 했다.

마지막 인수의 모둠.

인수가 발표를 시작했다.

목소리가 충무관에 쩌렁쩌렁 울려 퍼졌다.

"저희 모둠은 결과물을 가지고 말하지 않겠습니다."

선생님의 두 눈이 반짝 빛났다.

아이들이 모두 웅성거렸다.

"보시다시피 결과가 형편없기 때문입니다."

"얼씨구? 자랑이다."

"그러게 잘 좀 하지 그랬어?"

태환과 현석이 비아냥거렸다.

"그럼 뭘 말하겠다는 거니?"

선생님이 물었다.

"과정입니다. 지금은 윤리 수행평가 시간입니다. 저는 이 수행평가의 주제가 도덕성이라고 생각합니다."

웅성거리던 아이들이 하나둘 입을 닫고는 인수의 말을 경청하기 시작했다.

"이 사회에는 두 부류의 사람들이 존재합니다. 우직하리만큼 규칙을 지키고 사는 사람들. 그와 반대로 '규칙 따위 내가 알게 뭐야?'라며 콧방귀를 끼고 변칙과 편법을 일삼는 자들. 과연 누가 더 잘살까요?"

인수는 잠시 말을 멈추었다.

선생님의 눈에서 시선을 떼고는 아이들을 한 명씩 돌아보았다.

"얄밉고 열 받지만, 당연히 후자가 잘 살겠죠. 이렇게 결과만 보아도 알 수 있지 않습니까? 하지만 뭐가 중요한 것일까요?"

인수는 여유가 넘쳤다.

"변칙만 일삼는 자들은 자신감이 결여되어 있습니다. 자신이 없으니까 편법을 쓰고, 조급하고 답답하고 때를 기다릴 줄도 모르는 거죠. 반대로 규칙을 지키는 자들이 과연 바보라서 우직하게 규칙을 지키는 걸까요? 손가락질과 조소를 당하면서요? 아닙니다. 도덕은! 규칙과 규범은! 바보라서 지키는 것이 아니라 자신감이 있기에 참고 인내하고! 실패하더라도 다시 해낼 수 있다는 믿음으로 묵묵히 해 나가기에……!"

인수는 숨을 돌렸다.

모두 다 멍한 표정으로 인수를 쳐다보았다.

"그렇기에 도덕은 지키는 것이 아니라 당연히 지켜지는 것입니다. 도덕성은 곧 자신감입니다. 이상 윤리 수행평가 5모둠 발표를 마치겠습니다."

짝. 짝. 짝. 짝.

인수의 말이 끝나자 선생님이 박수를 치기 시작했다.

짝짝짝짝. 짝짝짝짝. 짝짝짝짝짝짝짝짝.

그 박수소리는 점점 더 빨라졌고, 경쾌해졌다.

선생님의 이상행동에 아이들은 모두 다 고개를 갸우뚱거렸다.

그때 박수를 멈춘 선생님이 호주머니에서 리모컨을 빼들더니 천장의 영사기에 쏘았다.

그러자 스크린이 내려와 화면이 켜지며 평가를 진행하는 아이들의 모습이 적나라하게 나타났다.

"힉!"

아이들은 모두 다 깜짝 놀랐다.

부끄럽기 짝이 없는 모습이 그 안에서 펼쳐졌다.

"5모둠. 전원 100점. 윤리 수행평가 점수 A를 축하한다. 나머지는 모두 C. 이의제기 기간은 앞으로 일주일. 하지만 영상에서 변칙을 일삼은 학생은 부모님이 대통령을 모시고 와도 내 점수에 변함은 없다. 이상 수업 끝."

선생님은 화면을 켜 둔 채 밖으로 퇴장했다.

경석은 설마하며 화면을 올려다보았다.

안대를 슬쩍 들어 올리고는 다트를 던지는 자신의 모습이 보였다.

"씨발 좆됐다……."

대신 윤철의 입꼬리는 씩 올라갔다.

◇ ◆ ◇

교실.

인수의 주변에는 5모둠의 아이들을 중심으로 많은 아이들이 옹기종기 모여들었다.

하지만 태환과 현석은 인상을 구기며 자리에 앉아 다리를 떨며 건들거리더니 창 너머로 시선을 던졌다.

"와, 너 완전 장난 아니었어."

"짱이야."

"그러니까 줄을 잘 서야 돼."

"아, 인수 옆에 설걸."

윤철이가 말하자, 모두 다 이구동성으로 입을 모아 인수를 칭찬했다.

"오늘 인수 덕분에 기분도 좋은데, 내가 수업 끝나고 닭갈비 쏘겠어."

"닭갈비?"

"오늘 춘천닭갈비집 올 수 있는 사람 거수!"

윤철이 말하자, 경석이 뒤도 돌아보지 않고는 손을 번쩍 들어올렸다.

"오, 경석이가 웬일이래?"

지금까지 단 한 번도 친구들과 어울려 다니지 않고 공부만 하는 녀석이었기에 놀랄 수밖에 없었다.

그때 여기저기에서 손이 올라왔다.

계집아이들도 몇 명 손을 들어 올렸다.

반장도 뒤돌아 일어나서 손을 들더니, 그 손들을 세며 말했다.

"너무 많은데?"

"뭐 이 정도야."

끝내 태환과 현석은 손을 들지 않았다.

여전히 다리를 달달 떨며 창밖만 보고 있을 뿐이었다.

"좋아. 20명 예약한다?"

"우와, 식당 통째로 빌려야겠다."

"이거 돈 걷어야 되는 거 아님?"

"에이, 걱정들 마. 우리 여사님께서 용돈 하나는 두둑이 주시거든."

윤철이가 지갑을 열어 보이며 말했는데, 그 안에는 천 원짜리 지폐 2장만 있었다.

"어? 2천 원뿐이네?"

옆자리의 석태가 어이구하며 윤철의 뒤통수를 탁! 하고 때리자, 아이들이 책과 노트를 윤철에게 집어 던졌다.

"아냐, 아냐! 장난이야! 여기 돈 있어!"

윤철이 가방 앞주머니에서 돈을 빼 들고는 흔드는 그때, 아이들이 던진 책 하나가 잘못 날아가 윤철이의 머리를 지나쳐 태환의 턱에 맞고 말았다.

순간 분위기가 조용해졌다.

"이런, 미안."

윤철이가 책을 집어 들며 대신 사과했다.

하지만 태환이는 다리를 달달 떨며 윤철을 노려보았다.

"너 그렇게 돈이 많아?"

"에이, 화 풀어라. 애들이 장난치다가 그런 건데."

윤철이 능청맞게 말했지만, 태환은 계속 노려보고만 있을 뿐이었다.

◇ ◆ ◇

수업이 끝난 오후.

윤철은 태환과 현석에게 양쪽으로 어깨동무를 한 상태로 끌려 나갔다.

인수가 화장실을 간 뒤였다.

화장실을 다녀온 인수는 그걸 모른 채 김영국에 대한 생각에 잠겨 있는 상태였다.

"후!"

인수의 입에서 한숨이 터져 나왔다.

남도식당 앞에서 보았던 장인어른은 일말이라도 양심의 가책을 느끼고 있는 것처럼 보였다.

하지만 곁을 스쳐 지나가며 화이트존을 통해 알게 된

장인어른의 속사정은 그것이 아니었다.

사업을 진행하는 데 있어서 망설이는 진짜 이유는 따로 있었다.

"발을 완전히 빼야 해."

여기서 발을 빼지 못하면 결국 이러한 성장은 장인어른을 죽음으로 몰고 갈 것이리라.

한참을 창밖을 보며 이런 생각에 잠겨 있는데, 지석이 헐레벌떡 교실 안으로 들어오더니 친구들을 향해 소리쳤다.

"야! 윤철이! 윤철이!"

"윤철이 뭐?"

"맞고 있어!"

"뭐?"

"소각로! 소각로에서 2학년 동철이형이! 태환이랑 현석이도 옆에 있어! 아까 책에 좀 맞았다고 그런가 봐!"

"허어. 윤철이가 던진 게 아닌데? 분노의 대상이 왜 거기지?"

탄식을 터트린 인수가 가방을 등에 메며 자리에서 일어났다.

"너 어쩌려고?"

반장인 창훈이 물었다.

"어쩌긴 뭘 어째? 친구가 아무 잘못도 없이 얻어맞는다는데 가서 혼내 줘야지."

"너 혼자? 동철이형, 무열이형 다음인데?"

"야가 반장이나 되어가지고는 말하는 거 보소. 왜 혼자야? 여기 다 우리 친구들인데. 안 그냐?"

으, 으응?

교실의 아이들이 어영부영 대꾸했다.

"가자! 놈들 혼내 주고 닭갈비 먹으로 가자!"

인수가 밖으로 나가자, 아이들은 서로의 얼굴을 보며 잠시 망설였다.

"가자!"

그러다가 석태가 결심을 굳힌 듯 인수의 뒤를 따라 나가자, 아이들이 하나둘 그 뒤를 따라 나갔다.

◇ ◆ ◇

소각로.

윤철은 이미 코피가 터졌고, 뺨이 퉁퉁 부어 오른 얼굴로 차려 자세와 열중쉬어 자세를 반복하고 있었다.

처음에는 자신이 책을 던진 게 아니고 친구들이 장난치다가 그런 거라고 말했다.

하지만 돌아오는 건 욕설과 주먹질이기에 죄송하다는 말만 반복할 수밖에 없었다.

"어이, 뚱땡이. 어쨌든 니가 깝쳐서 그런 거잖아? 영호가 없어서 그래? 영호가 없으니까 막 니 세상 같아? 교실이 네 거야?"

"죄송합니다. 제가 사과하겠습니다. 태환아, 내가 미안하다."

태환은 고개를 돌려 외면했다.

"죄송해? 죄송하면 다야? 죄송할 짓을 왜 해? 열중쉬어."

윤철이 다리를 벌리자 그 사이로 동철이 발이 올라왔다.

하지만 그 발은 페이크.

윤철이가 발을 보고는 겁에 질려 주춤거리며 몸을 비틀자 동철은 윤철의 뺨을 노리고는 손바닥을 날렸다.

쫘아악.

뺨을 얻어맞는 순간, 경쾌한 소리가 터져 나왔다.

하지만 윤철은 멀쩡했다.

"이잉?"

자신의 얼굴을 향해 손이 날아오는 순간, 손바닥에 철썩 휘감겼던 느낌이 들었다.

'이 느낌이 뭐지?' 하며, 질끈 감았던 두 눈을 뜬 윤철은 화들짝 놀라고 말았다.

발 앞에 동철이 자빠져 있는 것이 아닌가!

먼지가 풀풀 날렸다.

"헉!"

윤철이는 동철의 귀싸대기를 날려 버린 자신의 손을 다

시 내려다보며 화들짝 놀라고 말았다.

"어? 나 아니야? 내가 그런 거 아니야!"

모두가 다 멍한 표정이 되어 윤철을 바라보았다.

"하, 하하."

풀썩 쓰러졌던 동철이 벌떡 일어나며 어색하게 웃었다.

"나를 때려? 하, 하하하!"

동철은 고개를 좌우로 젖히며 몸을 풀더니, 스텝을 밟기 시작했다.

쉭, 쉭!

쉐도우 복싱을 하며 잔뜩 폼을 잡았다.

원투, 원투 원투.

"주접 그만 떠시지?"

동철은 뒤에서 들려오는 그 말에 앞으로 뻗은 잽을 거두지 못한 채로 몸이 굳어 버렸다.

인수였다.

인수의 뒤로 우르르 몰려온 친구들을 발견한 태환과 현석의 표정이 일그러졌다.

"별 거지들도 다 몰려왔네."

마음 같아서는 다들 꺼지라고 말하고 싶었지만, 일이 벌어진 이상 모두가 보는 앞에서 서열 정리를 확실히 하는 것도 나쁘지 않다고 생각했다.

"어이, 박인수. 너 방금 뭐라 그랬냐?"

동철이 인수의 앞으로 다가와 머리를 들이밀었다.

"다시 말해 봐."

동철은 자신의 정수리로 인수의 안면을 들이받을 기세였다.

한데 인수는 그런 동철의 귀를 사정없이 잡아당겨 버렸다. 언제 잡혔나?

찌이익.

"아, 아아!"

"귓구멍이 막혔냐?"

동철이 한쪽 귀가 매달린 상태로 발버둥 치자, 인수는 발로 종아리를 사정없이 걷어차서 넘어뜨려 버렸다.

파악.

동철의 몸이 붕 떠올라 등부터 바닥에 떨어졌다.

철퍼덕하며 동철이 넘어지는 순간 먼지가 또 풀풀 날렸다.

동철은 벌떡 일어서서 인수를 향해 두 주먹을 불끈 쥐고는 폼을 잡았다.

"이런 이 씨부럴……."

체면이 확 구겨진 동철은 뭐라고 사정없이 욕을 내뱉어서 기를 꺾으려 했는데…….

이 자식 다시 보니까 뭐 이리 아저씨 같지?

마치 선생님이 안 어울리게 교복을 입고 있는 것처럼 보였다.

욕이 나오지 않았다. 아니, 나오다가 다시 기어 들어갔
다. 그저 인수를 향해 두 주먹만 불끈 쥐고 있을 뿐.

"왜 그러고 있어? 덤비지 않고."

인수가 말하자, 동철은 침을 꿀꺽 집어삼켰다.

어쩌 잘못 덤볐다가는 오히려 큰일이 일어날 것만 같았다.

"이놈 정신 못 차리네?"

동철은 인수의 말대로 정신을 못 차리고 있는 것이 확실
했다.

그 어떤 마법조차도 걸지 않은 상태였건만 기에 눌려 꼼
짝도 못하고 있는 것이었다.

지금 이 순간, 동철의 머릿속에는 한 가지 생각만이 떠올
라 있을 뿐이었다.

원래 1년 선배가 제일 무서운 건데?

내가 왜 1년 후배 앞에서 정신을 못 차리고 있는 거지?

"어이구 이놈아. 정신 차려라."

하지만 인수의 말대로 동철은 정신을 차려야만 했다.

인수는 또 다시 동철의 귀를 붙잡고는 막 흔들었다.

또 언제 잡혔지?

찌이익, 찌익.

"아, 아아아! 아파요, 아파!"

아니, 이 귀는 왜 이렇게 잘 잡히는 거지?

동철은 고양이 앞의 쥐처럼 꼼짝도 할 수가 없었다.

"아, 아아! 죄송합니다."

동철은 선생님한테 혼나는 것만 같았다.

그때 동철의 친구들이 인수를 향해 욕을 내뱉으며 다가왔다.

"야, 박인수! 이 싸가지 없는 새끼가 보자 보자 하니까! 너 지금 선배한테 뭐하는 짓이야!"

"그래! 너는 위아래도 없냐? 그 손 못 놔?"

"와, 뭐 이런 개 같은 일이 다 있냐? 오늘 내가 이 새끼 죽이고 학교 때려치워야겠다."

옆에서 뭐라고 하든 말든 인수가 이놈아 하면서 동철의 귀를 더 힘차게 잡아 흔드는 그때였다.

"아, 선배가 선배 같아야지!"

인수의 뒤에서 석태가 소리쳤다.

'타이밍 좋고.'

인수는 씩 웃었다.

그러자 석태를 시작으로 아이들이 하나둘 힘을 실어 주었다.

"맞아. 이게 뭐하는 짓이야?"

"선배가 아니라 깡패잖아! 학교에서 폭력이나 휘두르고!"

그러자 동철이 여전히 귀를 붙잡힌 채로 눈을 부라리며 소리쳤다.

"이 새끼들 봐라? 야! 내가 너네들 얼굴 다 봐 뒀어!"

그러다 순간 인수와 눈이 또 마주쳤다.

"봐라, 봐. 실컷 봐라."

인수는 동철의 귀를 막 잡아 흔들며 얼굴을 들이대 줬다.

"아, 아아! 아닙니다! 귀가 찢어질 거 같습니다."

인수는 동철을 노려보았다.

동철은 은근슬쩍 눈을 내리깔고는 있지만, 아직 눈동자에 반항기가 남아 있었다.

이런 놈은 어설프게 혼내 주면 또 기어오를 것이 뻔했다.

귀를 붙잡고 있던 인수의 손은 순식간에 동철의 모가지를 움켜잡았다.

"컥!"

동철은 숨을 쉴 수가 없었다. 엄청난 힘이었다.

순간, 동철은 인수가 악마처럼 보였다.

굉장히 무서운 눈이었다.

그리고 신기하게도 목소리가 뇌 속에서 울려 퍼졌다.

"내 말 똑똑히 들어. 앞으로 한 번만 더 내 친구들 건드리면 넌 죽는다."

동철은 공포에 사로잡혀 고개를 끄덕였다.

인수는 이제 뒤를 돌아보았다.

동철의 친구들도 그 목소리를 똑같이 머릿속에서 담았다.

그들은 침을 꿀꺽 집어삼키며 자기도 모르게 고개를 끄덕였다.

춘천닭갈비집.

20명의 아이들이 인수를 따라왔다.

식당 주인도 예약을 받아서 알고는 있었지만, 이렇게 많은 학생들이 한꺼번에 문을 열고는 몰려들자 조금 놀라긴 했다.

아이들은 동철을 혼내 준 뒤 인수를 중심으로 떼거리로 몰려다니니, 뭔가 어깨가 으쓱했다.

두 테이블에 일반손님이 있었는데, 그 손님들도 뭔 일이야? 하는 표정으로 학생들을 바라보았다.

식당을 통째로 빌리기라도 한 것처럼, 어느새 실내는 백학고 교복을 입은 학생들로 가득 찼다.

"자, 모두 콜라 채웠나?"

윤철이 일어서서 콜라 잔을 들고는 건배를 제안했다.

아이들이 뭔 건배냐며 야유를 터트렸지만, 윤철은 고집을 꺾지 않았다.

"건배하자! 5모둠 A를 축하하며!"

"어우, 저 씨."

"야, 꺼져라!"

5모둠의 아이들이 낄낄거렸고, 나머지 아이들이 야유를 터트렸다.

"다들 우리 축해해 주러 온 거 아니었어? 그러면 끝까지 변칙을 쓰지 않은 친구들을 위하여!"

위하여!

규칙을 지킨 친구들이 콜라 잔을 들어 올리며 우렁차게 외쳤다.

인수도 콜라 잔을 들어 올렸다.

한데, 건배 분위기가 식어 가는 그 틈을 타고는 느닷없이 인수가 자리에서 일어서며 건배를 또 외치듯 말했다.

"사랑한다, 친구들아!"

뭐냐?

갑자기 분위기가 썰렁해졌다.

아이들이 너도나도 닭살이라며 야유를 보냈다.

인수는 어째 갈수록 아저씨 같다며, 킥킥거리며 입을 모아 말했다.

사실 인수는 자신이 목표만을 향해 가느라 소중한 친구들을 돌아보지 못한 채 잃어 가는 것은 아닌가에 대해 한 번 더 생각해 보는 시간을 가졌었다.

목표를 정하고 가는 길은 자기의 이유로 걸어가는 자유의 여정이어야 한다는 말이 떠올랐다.

그 자유의 길은 여럿이어야 한다.

그 길의 끝에 친구들이 남아 있지 않는다면 과연 무슨 의미가 있을까?

신뢰할 수 없는 삶이란, 모두가 등을 돌리고 고립되는 상태.

인수는 이미 그 삶을 맛보았다.

그것은 실패한 인생에만 국한되는 것이 아닐 터.

"여기요, 아주머니! 그만 달라고 할 때까지 닭갈비 계속 추가요!"

인수가 소리쳤다.

윤철의 입에서 헉, 소리가 나오자 인수가 씩 웃으며 말했다.

"내가 보탤게, 짜샤."

닭갈비가 익어 가자 아이들은 폭풍흡입을 시작했다.

인수는 먹느라 정신없는 아이들의 모습을 훈훈한 눈으로 쳐다보았다.

이게 친구들인지, 동생들인지……

이런 생각을 하는 그때였다.

"인수야. 기말고사 끝나고 축제 있잖아."

"엉."

"그때 댄스 어때?"

석태가 물었다.

"댄스?"

인수는 당시의 기억이 새록새록 돋아났다.

석태를 중심으로 다섯 명이서 축제를 위해 챔피언 안무를 준비했었는데, 그 팀에는 인수도 포함되었었다.

당시 인수는 춤을 진짜 못 추어서 연습하는 동안 애를

먹었었다.

"다섯 명 정도? 팀을 짜서······."

"챔피언."

"오, 그래! 어떻게 알았어? 챔피언 안무로 우리가 무대를 휩쓸어 버리는 거야."

"아, 하하하."

"뭐냐? 그 웃음은?"

"아, 하하하. 하하하하."

"뭐야? 웃기만 하고."

"좋아. 못 할 게 뭐 있어. 챔피언? 좋네. 챔피언 좋아."

"알았어. 세 명만 더 모으면 되겠다."

"쌍석. 경석이랑 지석이."

인수의 입에서 그 당시 멤버였던 이름이 언급되자, 건너편 탁자에 앉아 있는 경석과 지석이 깜짝 놀라 머리를 곧추세웠다.

"너희들 할 거지?"

인수가 씩 웃으며 물었다.

그러자 둘은 서로의 얼굴을 바라보더니 고개를 끄덕였다.

마치 '함께하고 싶어 하는 우리의 맘을 어떻게 알고 있었지?' 하는 눈빛이었다.

특히나 두 사람은 지금까지는 착실하게 공부만 하는 녀석들이었기에 함께하고 싶어도 선뜻 나서지 못한 것이었다.

"나도."

그때 윤철이 껴들었다.

"넌 딱 센터감이야. 꼭 닮았어."

"이 뚱땡이가? 넌 안 돼."

석태가 반대했다.

"아냐 석태야. 윤철이 의외로 춤 잘 춰."

윤철은 고개를 갸우뚱거렸다.

'내가 춤 좀 추는 것을 인수가 어떻게 알지?' 하는 표정이었다.

"이 뚱땡이가?"

"날 무시하지 마라. 보여 줘?"

"됐거든?"

석태가 '이건 아닌데……' 하는 표정으로 윤철이를 위아래로 훑어보다가 경석과 지석에게 말했다.

"일단 동영상 보면서 틈틈이 연습해 둬. 언제 날 잡고 안무 맞춰 보자."

건너편 식탁에서 경석은 우물쭈물했고, 지석이 "오케이!" 하며 대답했다.

"인수 너도."

"그러세."

인수가 흔쾌히 대답하며 젓가락질을 하자, 입술이 쥐어터진 윤철이 픽 웃으며 그런 인수의 모습을 내려다보았다.

$\diamond$ $\blacklozenge$ $\diamond$

인수가 아파트 정문을 막 들어서려다가 발을 멈추었다. 뒤를 휙 돌아보며 말했다.

"왜 자꾸 따라오는데?"

윤철의 옆에 서유정이 있었다.

인수는 둘이 뭐냐고 묻고 싶었지만, 유정이에게는 관심 자체를 보이고 싶지 않았다.

"인수야. 우리 너한테 할 말 있다."

"우리?"

"엉. 우리."

"정윤철. 너 잠깐 나 좀 보자."

인수는 윤철만 따로 손짓으로 빼냈다.

그러자 유정이 곧바로 욕을 내뱉었다.

"아, 씨발."

인수는 서유정이 버릇처럼 욕을 내뱉자 실소를 터트리고 말았다.

"그래, 알았어. 우리라고 그랬지? 그래, 할 말이 뭐야?"

서유정은 대답 대신 껌을 쫙쫙 씹으며 다리를 건들거렸다.

"후!"

인수는 무슨 말을 하려다가 그만 손사래를 젓고 말았다.

굳이 화이트존을 통해 감정 상태를 확인해 보지 않아도

알 수가 있었다.

지금은 딱 보아하니, 뭔가 아쉬워서 찾아온 것이 아니었다.

기세등등한 것이 특별한 게 있긴 있는 것이다.

하지만 남을 대할 때 자신에게 솔직하지 못한 것도 모자라, 이렇게 날이 서 있는 아이와 무슨 정상적인 대화를 나눌 수가 있단 말인가.

못된 버릇을 완전히 고쳐 줄 게 아니라면, 남남처럼 서로 모르고 사는 게 상책이었다.

더군다나 화이트존을 통해서 보았던 서유정은 보통내기가 아니기에.

"말 안 할 거야? 그러면 그냥 가라."

서유정의 표정은 복잡했다.

인수 앞에서만 작아지는 자신이 짜증 나기도 했고, 그래서 확 뒤돌아서려니 그러면 그럴수록 끌리는 마음으로 인해 혼란스러웠다.

"에이."

윤철이 중재를 위해 급히 앞으로 나섰지만 인수는 차갑게 뒤돌아섰다.

"인수야!"

인수는 대꾸조차 하지 않았다.

뒤에서 윤철이가 달려왔다.

"집에 들어가면 이거 좀 봐 봐."

윤철이는 인수의 손에 USB메모리를 꼭 쥐여 주었다.

인수는 USB를 내려다보았다.

이것 때문이었구나.

"뭔데?"

"보면 알아."

윤철이는 도망치듯 뒤돌아 서유정에게 달려가며 인수를 향해 손을 흔들었다.

◇ ◆ ◇

인수는 집으로 들어가려다가 동네 피아노 학원 간판을 보고는 잠시 발을 멈추었다.

좋아진 머리로 인해 어린 시절의 기억이 더욱 선명해졌기 때문이었다.

"음악 수행평가 준비해야 하는데."

인수는 혼자 중얼거리며 그렇게 한참을 서 있다가 안으로 들어갔다.

샵 피아노 학원.

인수가 유치원생일 때, 김선숙 여사의 과도한 욕심으로 인해 싫어도 억지로 다녀야만 했던 곳이었다.

인수는 자기가 생각해 보아도 인혜와는 달리 피아노를 치는 쪽은 영 재주가 없었다.

그렇게 2년을 억지로 다녔던 것 같다.

2년만 다닌 이유는 인수의 엄마를 중심으로 몇 명의 엄마들이 이 학원을 쫓아와 유치부 콩쿠르 준비를 하지 않는다며 아이들을 데리고 나가 버린 사건 때문이었다.

김선숙 여사를 비롯한 치맛바람 아주머니들은 원장이 실력이 없어서 그런 것이라며 무시했었다.

'동네에서 장사나 하는 주제에. 실력 있으면 왜 이런 데서 장사해?'

누군가가 이 말을 내뱉기도 했었다.

사실 초등부도 콩쿠르에서 참가상을 제외하고는 변변한 상을 받아 오지 못했기에 원장도 별달리 할 말이 없었다.

다만, 원장은 유치부 콩쿠르가 아이들에게 독이 된다고 말했었다.

부모들의 욕심으로 인해 아이들이 피아노에 흥미를 잃게 될 것이라고 말이다.

어린아이들의 심적 부담이 얼마나 큰지 알면 절대로 내보낼 수가 없는 것이라고.

이와 같은 올바른 교육관을 가지고 있는 좋은 선생님이거만, 동네 아주머니들의 치맛바람에 상처를 입었던 분이었다.

다행스러운 것은, 의식이 있는 엄마들에게는 훌륭한 선생님으로 인식되었기에 나름의 인정을 받으며 지금까지 학원을 유지할 수 있었다.

인수에게 남아 있는 기억을 살펴봤을 때도, 원장은 좋은 사람이었다.

피아노에 재능이 있건 없건, 투덜거리기만 하는 인수를 항상 따뜻한 시선과 말로 지도해 주었던 사람이었다.

인수가 피아노 학원을 그만두게 된 이후, 그 엄마의 그 아들이라고 충분히 미워할 만했지만 그렇지 않았다.

동네를 지나가다 마주치면 언제나 친근하게 맞아주었던 것이다.

그리고 언제가 내준 숙제를 인수가 열심히 해 왔을 때는 진심으로 칭찬하며 해 주었던 말은 인수의 기억 속 깊은 곳에 자리하고 있었다.

그때는 이해하지 못했던 말.

'어머. 정말 잘해 왔네? 최고. 난 이럴 때 너희들이 너무 의지돼.'

아이들을 지도하는 선생님이 어린 제자에게 의지한다는 말을 그때는 이해하지 못했었다.

하지만 이제는 알 수가 있었다.

아무리 어린 제자라 해도, 그 제자가 노력을 하면 스승은 정신적으로 의지하게 된다는 사실을 이제는 알 것 같았다.

과거를 회상하던 인수의 손이 학원 출입구의 손잡이를 향해 들어 올려졌다.

인혜의 방에도 피아노가 있지만, 인수는 이곳에서 잠시

앞으로 다가올 음악 수행평가를 조용히 준비할 필요가 있다고 판단했다.

"안녕하세요?"

인수가 문을 열며 원장의 등을 향해 인사했다.

"네? 어떻게 오셨……?"

습관적으로 뒤돌아 인사를 하던 원장은 인수를 알아보았다.

"아. 너…… 인수. 인수 맞지? 와, 많이 컸네. 어쩐 일이야?"

이름도 기억하시다니.

"그러고 보니, 저번에 길에서 인사할 때는 사실 이름이 잘 생각 안 났어. 근데 지금 보니까 딱 기억나네."

"네. 인수 맞아요."

"근데…… 너……."

인수는 일부러 활짝 웃었다.

그 옛날 엄마의 만행으로 인해 더욱 더 미안해졌다.

원장은 피아니스트가 꿈이라는 유치원 꼬맹이를 가르치는 중이었다.

한데 원장은 인수가 교복을 입은 걸 보면 학생이 맞는데, 어쩐지 아저씨 같아서 말문이 막혔다.

원장은 인수가 등록을 하러 온 건지, 뭘 물어보러 온 건지 감이 잡히지 않았다.

"저 피아노 좀 잠깐 만져 볼 수 있을까요?"

"얼마든지. 근데 지금 고등학생이지 않아?"

"전 고등학생이어도 시간이 많아요."

"호호. 그래?"

"잠깐 확인할 게 있어서요."

"음. 뭘 확인한다는 걸까?"

원장은 가르치던 꼬맹이에게 혼자 들어가서 연습해 보라고 말하며 인수의 앞에 섰다.

"잠시 앉을게요."

인수가 피아노 앞에 앉았다.

손가락을 풀 듯 가볍게 건반을 만지기를 한참.

옥구슬이 굴러가는 소리가 울려 퍼지며 조금씩 속도가 빨라지는가 싶더니, 느닷없이 베토벤의 운명을 연주하기 시작했다.

밤밤밤밤!

운명은 이처럼 문을 두드렸다.

악보라면 이미 머릿속에 저장되어 있다.

건반에 손이 떨어지기까지 걸리는 시간은 곧 이해의 속도이다.

유치원 때 익혔던 바이엘 기초과정부터 다시 확인해 나가느라 처음에는 더듬거렸지만, 조금씩 익숙해지기 시작했다.

머리로 이해하는 것을 몸이 받아들여 표현하기까지의 과정을 단축시키는 훈련은 피아노뿐만 앞으로 자신의 계획을 펼쳐가는 데에도 매우 중요한 일이었다.

"와, 잘 치네? 어디서 계속 쳤어?"

"원장님 몰래 집에서요."

인수는 여유가 생기자 곡을 연주하며 너스레를 떨었다.

"어렸을 때는 정말 못 쳤는데?"

원장은 기분이 좋은 탓에 농담을 했다.

"아, 하하…… 다 원장님 덕분이죠."

"뭐가. 근데 여긴 어쩐 일로 온 거야?"

"그냥 원장님을 위해 연주해 드리고 싶어서 왔어요. 어렸을 때 투정만 부리는 저에게 잘해 주셨잖아요."

"내가 그랬어?"

"네. 그래서 제가 포기하지 않고 꾸준히 노력한 덕분에 여기까지 올 수 있었던 거예요."

"어머나. 우리 애들 더 열심히 가르쳐야겠네. 이거 정말 보람찬걸?"

인수는 왠지 뿌듯했다.

그렇게 감사의 마음을 담아 연주를 끝냈다.

뒤돌아섰는데, 원장의 표정이 조금 우울해 보였다.

"원장님?"

"응?"

"표정이……."

인수의 말에 원장은 힘없이 웃어 보였다.

인수의 연주를 들으며, 원장은 포기했었고 좌절했었던 연주자의 꿈을 돌아보는 중이었다.

"후, 그냥. 옛날 생각이 나서. 방금 네가 연주한 곡, 조금만 더 완성되었으면 나 울 뻔했어."

"정말요?"

"어. 처음에는 뭔가 이상했는데 갈수록…… 사람을 압도하는 게……."

인수는 순간 자신의 능력이 어떤 이에게는 희망이 될 수가 있는 반면, 어떤 이에게는 무력함으로 인해 독이 될 수도 있다는 사실을 깨달았다.

"칭찬 감사합니다. 원장님, 저 가끔씩 놀러 와도 되죠?"

"그럼. 얼마든지."

인수가 의자에서 일어서며 인사를 했다.

"그럼 저 이만 가 볼게요. 원장님, 안녕히 계세요."

"그래."

원장은 인수를 배웅해 주었다.

하지만 엘리베이터를 향해 가는 인수의 뒷모습을 보며 살짝 고개를 갸우뚱거렸다.

분명 처음 시작한 연주는 바이엘을 겨우 뗀 수준이 틀림없었건만, 뒤로 갈수록 체르니 과정을 넘어 수준급으로 완성되더니 급기야 베토벤의 운명을 연주했기 때문이었다.

　　　　　　　◇　◆　◇

　집에 돌아와 동영상을 확인한 인수는 윤철에게 전화를 걸었다.

　유정이 그네를 탈 때 화이트존을 통해서 본 장면은 미래가 확실했다.

　바로 지금 이 모습을 확인한 것이었다.

　"이걸 나한테 보여 주는 이유가 뭐야?"

　윤철이 곧바로 대답했다. 단도직입적이었다.

　[한탕이 또 있는데 같이하고 싶어서.]

　국민들의 사생활 감시를 시도했었던 국가정보기관을 털어 세상을 떠들썩하게 만들었던 화이트 해커 〈JYJ〉의 범행은 정윤철의 단독 범행이 아니었던 것이다.

　서유정……

　윤철의 옆에는 서유정이 함께 있는 것이었다.

　"왜 나야?"

　[네가 말했었잖아?]

　인수는 윤철의 다음 말을 기다렸다.

　[훗날 정의의 편에 서자고.]

　　　　　　　　　　　　　　　〈2권에 계속〉